Herstellung und Verlag:
BoD - Books on Demand, Norderstedt
ISBN 978-3-7386-0674-4

Vorwort

Dieses Buch erzählt die Geschichte eines Jugendlichen, der beginnen wollte zu leben und seine Freiheit zu genießen, dieser Schritt ging aber vorerst in die Hose. Dazu kam auch noch die Situation bei ihm zu Hause. Er durfte nach einem schweren Schicksalsschlag nichts mehr, weil sich seine Mutter und sein Stiefvater auf die Aussage der Ärzte beruhten. Er hatte eine sehr schlimme Kopfverletzung und schwere Hirnschäden erlitten. Er machte, obwohl er diese Hirnschäden erleiden musste, sogar noch Abitur. Seine Mutter jedoch hatte immer und immer wieder befürchtet, dass ihr Sohn in einer Behindertenwerkstatt endete. Als junger Erwachsener hoffte er, dass er schon das Schlimmste in seinem Leben durchlebt habe und hatte sich fast unmögliche Ziele gesetzt. Nachdem er aus der Anschlussrehabilitation entlassen wurde, hatten ihm die Ärzte eine lange Liste von Dingen aufgezählt, die er nicht mehr tun könne. Da die Frührehabilitation so schnell vorbei ging, er sogar als medizinisches Wunder galt, hatte er es sich zum Ziel gesetzt, diese Liste komplett zu widerlegen. Er überhastete nichts, er nahm sich Zeit um sich Schritt für Schritt wieder aufzubauen. Da seine Mutter und sein Stiefvater die Einzigen waren, die nicht an ihn glaubten, konnte er diese negative Energie sehr gut abprallen lassen. Anders gesagt, ist ihm das 'vom Gegenteil überzeugen' eine bessere Motivation gewesen, als jede andere Belohnung, die auf ihn im Ziel wartete. Den Ruhm und die vielen Glückwünsche hatte ihn dennoch oft zu Tränen gerührt. In erster Linie hatte er aber diese Dinge sich selbst bewiesen, der Ruhm ist für ihn nur ein positiver Nebeneffekt gewesen. Viele Menschen hatten sich nach einem solch schweren Schicksalsschlag aufgegeben und sie verwahrlosten vollends, er hingegen hatte nie verstanden, warum einige Dingen nicht mehr funktionieren sollen. Er arbeitete an sich und suchte nach Wege, wie er das gewünschte Ziel trotzdem erreichen kann. Eine dieser Tatsachen ist der Ausdauersport gewesen, aber ein Leben ohne Sport konnte sich der ehemalige Leistungsschwimmer einfach nicht vorstellen. Er war und ist bis heute der Überzeugung, dass negative Aspekte besser motivieren als Positive. Wenn sich diese negativen Einflüsse natürlich häufen, zerstört dies die Eigenmotivation des Protagonisten. Als ich mit ihm über diese verdrehte Tatsache gesprochen hatte, antwortete er mir mit einer kleinen Geschichte. In der Motivationspsychologie war diese Fabel bekannt und richtungsweisend:

Der Turm und die Frösche
Einige Frösche wollten herausfinden, wer denn der Stärkste von allen ist. Sie dachten sich einen Wetkampf aus, den sie sehr zeitnah duchführen wollten. Es sprach sich sehr schnell herum, dass

einige Frösche versuchen wollten, einen Turm zu erklimmen, der höher war als alles Andere, das bisher an einem einzigen Wettkampf erklommen worden war. Die Frösche, die nicht teilnahmen schauten zu, sie feuerten die Teilnehmer nicht an. Sie riefen soetwas wie: „Das schafft ihr nie!" oder „Das hat noch keiner geschafft und ausgerechnet ihr wollt das schaffen?"

Deim Startschuss sprangen die Frösche, mit dem festen Glauben den Turm erzwingen zu können, los. Nach einiger Zeit gaben die ersten auf und die Zuschauer sagten, dass sie es doch gewusst hatten. Am Ende sprang nur noch ein einziger Frosch den Turm hinauf und die Zuschauer brüllten ihre Parolen. Erschöpft aber glücklich kam er letztlich oben an.

Nun fragte er mich, warum der letzte Frosch nicht aufgegeben hatte, wie alle Anderen. Was war mit diesem Frosch gewesen? Als ich zugegen hatte, dass ich es nicht wisse, erklärte er mir: Der Frosch war taub. Nun fiel es mir wie Schuppen von den Augen. „Da die Zuschauer nicht geglaubt haben, dass es möglich war, hatten sie die Teilnehmer auch nicht unterstützt."

„Genau, und wenn dies alle machen, dann ist es fatal für den Sport. Jeder Sportler braucht Unterstützung von außen, weil wenn ein Wettkampf über die bisherige normale Zeit hinaus geht, kommen bei jedem Sportler Selbstzweifel auf. Entweder ist er verbissen und beißt sich selbst durch die Qualen, die beginnen an der Motivation zu zerren oder er bekommt Unterstützung von anderen Leuten um die eigene Motivation oben zu halten. Wenn von außen auch noch Zurufe kommen, die die Motivation zusätzlich zerstören, ist eine Aufgabe fast unvermeidbar. Deshalb ist es wichtig, wenn man einen Wettkampf verfolgt, nur positive Äußerungen von sich zu geben, denn alles Andere könnte für den Athleten fatale Folgen haben."

„Wie machst das dann du? Du bist ja nicht taub."

„Anfangs hörte ich den Satz: 'Nimm dir nicht zu viel vor, du wirst nur enttäuscht werden.' Das zerstört zunächst einmal nicht die Eigenmotivation. Ich dachte mir: 'Ich schaffe es trotzdem!'"

Nachdem er bewiesen hatte, dass er auf härtester Art und Weise seine Träume wahr werden lies, bekam er von sehr vielen Seiten jede Menge Unterstützung.

Als die Liste von der Dingen, die er nicht mehr machen könne, fast vollständig widerlegt war, blieb nur noch der Ausdauersport. Da er ein Sportler war hat er gelernt, dass man über seine Grenzen hinaus gehen muss um sich verbessern zu können. Ab und zu hat er ein wenig übertrieben, aber er schaffte dennoch alles. was er sich vorgenommen hatte.

Sein Lebensmotto ist: „Living the dream", diese drei Worte hat er sich zu seinem Geburtstag auf seine

Schulter tättowieren lassen und hatte begonnen sein Leben zu genießen und zu machen, was er wollte. Er lies sich nicht mehr sagen, was er zu tun und zu lassen habe. Dieses Buch soll auch eine Unterstützung darstellen, um anderen Menschen, denen ähnliches Schicksal widerfahren ist, die Liebe am Leben wiederzufinden. Als er mit seinem Training begonnen hatte, kommt der Punkt, den die Ärzte ihm prophezeit hatten. Diese Tatsache klang aber mit anhaltendem Training immer weiter ab. Zu diesem Anlass denkt er sich: 'Jetzt erst recht!!'

„Du musst nur wollen und daran glauben, dann wird es gelingen" (Ferdinand Graf von Zeppelin)

Zuletzt hate er mich gebeten diesen Satz in meinem Buch aufzunehmen: „You only live once! Genieße dein Leben solange du kannst, du hast nur eins und es kann schneller vorbei sein, als du glaubst."

Der Schicksalsschlag

Ich war in der zehnten Klasse einer Realschule und wollte im laufenden Jahr meine Abschlussprüfungen schreiben. An meinem sechzehnten Geburtstag ging ich zur Fahrschule und meldete mich an, den Mopedführerschein zu machen. In die Theoriestunden ging ich täglich und ging gerne hin. Die Theorieprüfung hatte ich, sofort nachdem das Landratsamt mir die Bestätigung gegeben hatte, dass ich den Führerschein der Klasse A1 machen durfte, mit null Fehlerpunkten bestanden. Danach war ich zur Praxis gewechselt und erzählte in der Schule an den Tagen, an denen ich eine Fahrstunde hatte, dass ich am Nachmittag auf der Maschine sitzen werde, weil ich mich ungemein darauf freute. Ab diesem Zeitpunkt, werden meine Erinnerungen schwammig und kann nur noch von Erzählungen berichten. Eines Tages, genauer gesagt am zweiten April, hatte ich auch eine Fahrstunde und war voller Vorfreude, denn ich wusste noch nicht, was mir in dieser Fahrstunde passieren wird. Ich fuhr auch an diesem Tage die Türkheimer Steige in Geislingen an der Steige hinauf, als es plötzlich passierte. Mein Fahrlehrer fuhr mir vorraus und schaute in seinen Rückspiegel. Er sah mich nicht. Eine Sekunde später sah er erneut in den Rückspiegel und als er im Augenwinkel mein Moped rechts an ihm vorbeifliegen sah, stockte ihm der Atem. Er bremste, stieg von seinem Motorrad ab und

begann mit der Suche nach seinem Schützling. Er hatte mich nicht sofort gefunden, denn ich war mit dem Kopf vorraus in den Straßengraben geflogen. Wenn diese bekloppte Mauer im Straßengraben nicht gewesen wäre, hätte er mich bestimmt früher gefunden, denn mein Moped flog etwa dreisig Meter und ich knallte nach zwei Metern gegen diese Mauer. Ich hatte Glück, dass ein Lastkraftwagen vorbei gefahren kam. Dieser Lastkraftwagen hat erstmal nichts mit diesem Verkehrsunfall zu tun. Da der Fahrer höher saß, konnte er meinen Fahrlehrer beobachten, wie er etwas am Suchen war. Als er mich dann im Straßengraben, vor der Mauer liegen sah, hupte er kurz und zeigte dem Suchenden, wo ich zu finden war. Er nahm mich in den Arm und ließ mich nicht mehr los, bis der Notarzt gekommen war. Ein Passant, der zufällig die Steige hinunter gehen wollte, sah uns beide im Straßengraben sitzen und fragte, was los sei. Ganz verzweifelt und mit Tränen in den Augen brüllte mein Fahrlehrer den Passanten an, er solle doch einen Notruf absetzen. Nach kurzer Zeit traf das ganze Rettungskommando ein: Polizei, Notarzt, Krankenwagen und sogar einen Rettungshelikopter. Als der Notarzt in den Straßengraben kam, übernahm er mich, holte mich aus dem Graben heraus und stabilisierte mich. Nachdem der Notarzt meinen Helm gesehen hatte, sagte er direkt: „Sofort ins Bundeswehrkrankenhaus nach Ulm.".
Diese Klinik war spezialisiert auf Tauchunfälle und

Kopfverletzungen. Mein Glück war, dass ein Helikopter gleich vor Ort war. Ich wurde in den Krankenwagen gelegt, dieser fuhr mich über die Straße und wurde dann in den Helikopter gelegt. Meinen ersten Flug mt einem Helikopter hatte ich mir ehrlich gesagt, etwas anders vorgestellt. Während ich nach Ulm geflogen wurde, hatten schon die Ermittlungen der Polizei begonnen. Die Polizisten dachten, dass dieser Unfall bestimmt von dem Fahrlehrer beobachtet worden war. Dieser aber gab als Antwort auch keine klaren Angaben, weil er es ebenfalls nicht gesehen hatte. Also brauchten sie einen anderen Anhaltspunkt, an dem sie die Ermitlungen beginnen konnten. Einer der Beiden sagte beiläufig, dass es ein sehr schöner Tag sei und lief den Weg, den ich gefahren sein musste, ab. Als er aus dem Schatten in die Sonne getreten war, war ihm klar, was passiert sein musste: Mich habe die Sonne geblendet.

Er sagte: „Folgendes hat sich hier abgespielt: Der Fahrschüler fährt die Türkheimer Steige im Schatten hinauf, da diese Staße in einem Waldgebiet liegt. Wie ihr sehen könt ist hier eine Lichtung und dann kommt sofort diese Linkskurve. Die Sonne hat ihn geblendt, er hat den Straßenverlauf nicht mehr erkannt und ist geradeaus weiter gefahren.". Weitere Ermittlungen ergaben, dass ich zwei bis drei Meter mit beiden Reifen am Bordstein entlanggeschlittert sein musste. Die Polizisten hatten aber ein weiteres

Problem: Ich hatte keine Papiere dabei. Mein Fahrlehrer erzählte ihnen, wo er mich zur Fahrstunde immer abholte. Meine Identität konnte erst festgestellt werden, nachdem man beim Einwohnermeldeamt nach meiner Person gefragt hatte.

Währenddessen musste ich mich einigen Untersuchungen unterziehen: Mein komplettes Skelett wurde geröngt, sämtliche innere Organe wurden mit Hilfe eines Computertormographen oder eines Magnetresonanztormographen betrachtet. Ab diesem Zeitpunkt lag ich mit einer gerissenen Leber in Lebensgefahr. Knochenbrüche hatte ich relativ wenige, diese beschränkten sich auf den Brustkorb und das Handgelenk, dafür wurden meine Organe zahlreich in Mitleidenschaft gezogen. Um die Schmerzen aushalten zu können, ich war ja nicht tot, hatten die Ärzte mich in ein künstliches Koma gelegt. Nach zwei Wochen war klar, dass ich überleben würde, die gerissene Leben hörte auf zu bluten und wuchs wieder zusammen. Da die Ärzte nicht wussten, wie viele Schmerzen ich hatte, hatten sie die Langzeitnarkose abgesetzt und zu meiner Mutter gesagt, dass ich demnächst aufwachen müsste. Es ist erst einmal bei einem 'müsste' geblieben, denn ich bin nicht aus dem Koma erwacht. Stattdessen hatte sich mein Komazustand nur verändert. Meine Augen waren geöffnet, aber ich war geistig abwesend. Ich war in ein Wachkoma gefallen. Kurze Zeit später wurde ich in das Therapiezentrum nach Burgau verlegt und meine Mutter war schockiert, weil ich nicht mehr in einer Intensivstation gelegen war.

„Der Jungen liegt im Koma.", tobte sie, „Was will der in einem Therapiezentrum?"
„Wir schicken Ihren Sohn in die Frührehabilitation.", gaben die Ärzte als Antwort.
„Was will der in der Frührehabilitation?"
„Dieses Therapiezentum nimmt auch Wachkomapatienten."

Als mein Stiefvater und meine Mutter wieder nach Hause fuhren, bekam meine Mutter die Frage, was ich in einer Frührehabilitation zu suchen hätte, nicht aus ihren Gedanken. Aber wie sich herausstellte war dies keine so schlechte Idee. Meine Mutter hatte im Institut für Hirnforschung eine CD gekauft, auf der Mozarts Symphonien und Walgesänge zu hören waren. Das Institut sagte, dass die die Synapsen im Hirn anregen würde zu arbeiten damit ich mein komplettes Hirn zum Denken benutzen könnte. Zu ihrer Enttäuschung wurde diese CD in der Rehabilitation nie abgespielt. Bevor ich nach Burgau verlegt worden und klar war, dass ich in ein Wachkoma gefallen war, wurde ich zwei weitere Male operiert und zwar am Hals und am Bauch. Da sich der Kehlkopf bei Komapatienten nicht richtig schließt, gelangt bei jedem Schluck Speichel in die Luftröhre. Wenn der Speichel in der Lunge angekommen ist, entzündete sich diese. Um eine Lungenentzündung vorzubäugen, bekam ich einen Schlauch in den Hals. Genauer gesagt waren es zwei Schläuche und einen Luftbalon. Der Luftballon dichtete die Luftröhre ab. Das eine End eines Schlauchs kam oben an dem Lufballon in der Luftöhre heraus, das Andere führte duch ein Loch in der Haut ins Freie, damit der Speichel abfließen kann. Der Zweite wurde nun so gelegt, dass ich durch diesen atmen konnte. Die zweite Operation am Bauch ist lebensnotwendig eines Jeden Komapatienten – die Magensonde. Man lebt, aber man kann nichts essen. Nach kürzeszer Zeit ist dr Patient verhungert. Für die Flüssignahrung bekam ich einen Schlauch in den Magen gelegt.

Die nächste Tatsache ist ein wenig rätselhaft, denn ich weiß nicht, ob dies noch im Komazustand passiert war oder erst nachher, meine Mutter war sich auch nicht sicher. Die Frage, ob ich im Koma etwas mitbekommen habe interessiert wahrscheinlich die Meisten. Die Antwort ist ein ganz klares: 'Ich weiß es nicht.' Ich hatte auf Grund eines blutigen Schlaganfalls, einen Bluterguss an der rechten Hirnhälfte. Weil der Schädelknochen komplett verschlossen ist, stand die rechte Hirnhälfte unter einem leichten Überdruck. Eine linksseitige Halbkörperlähmung was das Ergebnis dieses Überdrucks am Gehirn. Mein linker Arm hatte mirgendwann die Idee, er müsste die Bizeps anspannen und der Arm wurde spastisch gelähmt. Um eine solche Spastik zu entfernen gibt es das wohlbekannte Nervengift 'Botox'. Diese Injektionen hatte ich gespürt und sie hatten höllisch geschmerzt. Man könnte sich den Schmerz vorstellen, als ob man eine Impfung in den fest andespannten Oberarm bekäme. Sonst kamen mir die sieben Wochen Koma vor wie eine Nacht schlafen. Aus einem Wachkoma wacht man nicht auf und ist wach, sondern man kommt stufenweise zu sich. Bei mir war diese Zeit zwischen Muttertag und Vatertag. Einen besseren Zeitpunkt hätte ich mir nicht ausuchen können. Aber diese positiven Nachrichten wurden aber gleich wieder gedämpft, denn das Erste an das ich mich nach dem Koma erinnern konnte war der Tod von Michael Jackson, schöne Bescherung.

Als ich aus dem Koma erwacht war, hatte die Kanüle im Hals ihre Arbeit getan und konnte entfernt werden, aber dieser bekloppte Schlauch wird mir später noch den letzten Nerv rauben. Relativ zeitnah wurde dann eine Schlauch und der Luftballon aus meinem Hals entfernt und ich konnte wieder durch meinem Mund atmen. Da die Luft jetzt wieder durch den Kehlkopf strömte müsste ich rein theorethisch auch wieder sprechen können. Mein erstes Wort war mir in einer Therapiestunde ganz spontan herausgerutscht. Von diesem Zeitpunkt an burfte ich erfahren, wie grausam

Eltern sein können, denn sie hatten mir immer Fragen gestellt, die ich beantworten musste. Nicht in geschriebener Form, wie ich es bis dahin gemacht hatte, sondern in hörbaren Lauten. Dem ist jedem abzuraten, weil das Sprechen in logopädischer Therapie erlernt werden sollte. Das war nicht mehr so einfach, wie im Kleinkindalter. Essen und Trinken konnte ich mir selbst beibringen, denn man weiß ja wie soetwas funktioniert. Aber auch hier war es wichtig, dass man beaufsichtigt wird, wenn man übt, den soetwas kann sehr schnell in die Hose gehen. Nach dieser kleinen Anekdote, komme ich wieder zurück zur Geschichte. Ich gehe sehr stark davon aus, dass ich die Botoxinjektionen im Koma erhalten habe, aber sonst kamen mir die sieben Wochen vor, wie eine Nacht schlafen.

Da sich die meisten Menschen nicht vorstellen konnten, wie es ist im Koma zu liegen, wurde ich oft gefragt, wie ich denn diese Zeit empfunden hatte. Ob man im Koma denkt oder nicht, wusste ich auch nicht. Der Körper ist viel zu sehr mit sich selbst beschäftigt, als dass er sich über andere Dinge den Kopf zerbrechen könnte. Durch meine traumabedingte Amnesiekonnte ich mich nicht daran erinnern, wiso ich im Krankenhaus lag. Um mir Antworten zu geben, hatte ich mir einfach etwas zusammengereimt und diese Theorie als richtig empfunden. Die Polizei wollte mich auch noch zu diesem Unfall befragen, vorher wurde ihr aber gesagt, dass ich mich an nichts mehr erinnern konnte. Eines Tages hatte meine Mutter und mein Stiefvater die Idee, im Bundeswehrkrankenhaus in Ulm die Ärzte auf der Intensivstation zu besuchen. Sie und vor allem ich wollte mich bei ihnen bedanken. Ich hatte natürlich glaich zugestimmt und mir eine Überraschung ausgedacht.

Ich ging zu meiner Physiotherapeutin und sagte ihr, dass ich gerne laufen lernen möchte. Sie war kurzzeitig geschockt und gab als Antwort: „Du weißt schon, dass du vor drei Wochen aus dem Koma erwacht bst."
„Ist das ein Problem?", entgegnete ich.
„Normalerweise beginnen die Patienten mit etwas einfacherem und nicht gleich mit dem Schwersten."
„Ja, ist das ein Problem?", bohrte ich weiter.
„Nein ich wunder mich nur. Ok, morgen machen wir Muskelaufbau der Oberschenkel und die ersten Versuche am Barren."
„Das sind meine Therapeuten!! Fackeln nicht lange und gehen auf die Wünsche der Patienten ein!"

So lernte ich sehr früh das Gehen, behielt diese Fähigkeit aber für mich. Als meine Mutter und mein Stiefvater am großen Tag gekommen sind, um mich abzuholen und zum Bundeswehrkrankenhaus zu fahren, wartete ich ganz aufgeregt auf dem Gang.

Natürlich im Rollstuhl sitzend. Ich wurde ins Auto gesetzt und habe mir nichts anmerken lassen. Als wie in Ulm ankamen, bin ich schön artig im Rollstuhl bis zur Intensivstation gerollt, bis wir von einem Arzt in diesem Warteraum abgeholt wurden. Als der Arzt mir in der Intensivstation die Hand zustreckte, schloss ich die Bremsen des Rollstuhls. Meine Mutter war zuerst stutzig aber nach zurzer Zeit verfiel sie in einen kurzen Schock, denn ich stand aus dem Rollstuhl auf. Als ich meine Lüge beichtete, war aber alles wieder in Ordnung und der Arzt sowie meine Mutter hatten Tränen in den Augen. Ich sagte, dass ich nicht nur stehen sondern auch frei gehen konnte. Blieb der Rollstuhl stehen und der Arzt führte mich durch die Intensivstation, an meinem ehemaligem Zimmer vorbei bis ins Schwesternzimmer. Als sie mich stehend vor ihnen sahen, waren alle hellauf begeistert. Weil ich selbst in der Intensivstation ein ganz besonderer Fall war, blieb ich gut in Erinnerung, denn ich lag da, wie selten einer. Sie könnten es nicht Glauben, wenn er ihnen gesagt worden wäre, dass ich jetzt wieder laufen kann. Das war aber nicht alles, denn in dieser Geschwindigkeit ging es weiter. Man hatte mit zusehen können, wie ich besser wurde, denn ich machte jede halbe Woche Fortschritte. Das war so außergewöhnlich, dass ich als medizinisches Wunder in Lehrbücher für das Studium der Humanmedizin aufgenommen wurde. Zusätzlich wollte man Videos drehen, um zu verbildlichen, wie ich was, wann und wie schnell gelernt hatte. Ich habe jedem Verlag erklärt, dassEhrgeiz und Lebensfeude die zwei wichtigsten Faktoren im Leben seien. Eines Tages hatte mich meine Mutter darüber informiert, dass sie ein wenig Geld von meinem Sparbuch abgehoben hatte. Ich dachte mir, welches Geld sie abgehoben hätte, aber da mein Hirn noch nicht so weit war, dachte ich nicht weiter darüber nach.

Nach etwa zehn Wochen im Therapiezentrum konnte ich eigentlich aus der Frürehablitation entlassen werden. Alle Therapeuten sagten zu mir, dass ich viel zu gut für die Frürehabilitation sei und fragten, wann ich denn entlassen werden würde. Ich hate noch meinen Gedanken daran verschwendet, entlassen zu werden und sagte, dass ich es nicht wisse.

Nach zwei erfolglosen Terminen im Bundeswehrkrankenhaus in Ulm um den Schlauch im Hals zu entfernen und das Trachiostoma verschließen zu lassen, hatte der leitende Arzt des Therapiezentrums den Hals-Nasen-Ohren-Arzt nach Burgau eingeladen und ihm versichert, dass ich durch den Schlauch, der seit Wochen verschlossen war, nicht mehr atmen könne und dies einer Abklebung glaich käme. Als der Arzt des Therapiezentums die Verantwortung übernommen hatte, hatte der Hals-Nasen-Ohren-Arzt den Schlauch aus dem Loch geholt, das Granulationsgewebe entfernt und das Loch zugenäht. Diese Operation lief unter einer örtlichen Betäubung, wobei Therapeuten und Ärzte des Therapiezentrums anwesend waren um mr Mut zuzusprechen. Dass ich nach der Operation sagte, dass ich nie wieder eine Operation in wachem Zustand über mich ergehen lasse, wurde von allen Anwesenden akzeptiert. Alle Beteiligten sprachen sogar ihr volles Verständnis dafür aus, denn es gab kleine Komplikationen. Das Granulat wurde weggeschnitten und weggebrannt. Nachdem der Arzt ein Stückchen abgeschnitten hatte, fiel ihm das Stückchen aus der Pinzette mitten in die Luftröhre. Die Anwesenden hatten blitzschnell reagiert und mir ein weißes OP-Tuch vor den Hals gehalten, das auf meiner Brust lag. Ich hustete einige Male und dieses Tuch war die längste Zeit weiß. Nachdem ich mich wieder beruhigt hatte war das Tuch rot. Obwohl ich betäubt war, hatte ich kurzzeitig höllische Schmerzen im Hals. Nach dieser Operation durfte ich einen Tag nicht reden, weil sonst Lusft zwischen Luftröhre und Haut gelangen könnte. Dieser schweigsame Tag war für mich einer der Schwersten, weil ich unheimlich viel gesprochen hatte. Erst konnte ich nicht reden, dann konnte ich reden, tat es aber nicht, dann redete ich wie ein Wasserfall und nun darf ich nicht mehr reden. Ich glaube für meine Mitpatienten waren die sehr erholsame vierundzwansig Stunden. Da der Schlauch nun aus dem Hals war stand meiner Entlassung nichts mehr im Wege.

Das Schwerste hatte ich hinter mir, dachte ich jedenfalls. Ich wollte in eine bstimmte Klinik für meine Anschlussrahabilitation. Daran war es auch nicht gescheitert. Jetzt hatte sich der Geldgeber zum ersten Mal zu Wort gemeldet. Die Krankenkasse sagte zu meiner Mutter, dass sie alles überprüfen mussten. Meine Mutter hatte zugewilligt und war mit mir in einen Urlaub an den Chiemsee gefahren. Wir saßen gerade in einem Café vor dem Salzbergwerk in Berchtegaden und hatten ein Eis gegessen, als plötzlich die Versicherung anrief. „Da ihr Sohn in die Schule müsse, genehmigen wir nur bis zum Ende der Sommerferien.", war ihre Aussage. Dieses Statement brachte meine Mutter schon wieder auf die Palme und fragte, ob sie einmal ins Internet geschaut hätten, denn das Hegauer Jugendwerk ist die einzige Kinder- und Jugendrehabilitation in ganz Deutschland mit Schule. Die Reaktion der Krankenkasse auf diese Aussage, konnt ich eigentlich auch nicht ganz glauben. „Ach , wenn das so ist, dann ist das etwas anderes.", antworteten sie meiner Mutter. Die Krankenkasse hatte also von einem Augenblick ins Internet schauen, sechs Wochen gemacht, die ich zwischen Früh- und Anschlussreha zu Hause war. Der älteste Patient des Jugendwerks war fünfundzwanzig Jahre alt.

Auch wenn der Unfall alles andere als gut war, möchte ich die Zeit im Jugendwerk nicht missen wollen, denn die Sozialpädagogen hatten mit uns jedes Wochenende etwas anderes unternommen, aber von Anfang. Ich bin nach sechs langen Wochen endlich ins Hegauer Jugendwerk, meiner Anschlussrehabilitation, gekommen. Ich wurde von den Sozialpädagogen, der für mich den ersten Ansprechparner, falls ich Probleme habe, darstellte, empfangen. Er stellte sich mir vor und zeigte mir dann das komplette Gelände. Als wir bei der ärztlichen Leitung des Jugendwerks angekommen waren, stellte mir dieser Arzt Fragen, die für die Behandlung nicht unwichtig waren. Ich sagte beispielsweise, dass mein Kurzzeitgedächtnis sehr in Mitleidenschaft gezogen wurde. Ich sollte dies näher beschreiben und er fragte mich nach dem Namen des Sozialpädagogen, der mir in der Zwischenzeit schon wieder entfallen war. Im Hegauer Jugendwerk gab es eine Schule, damit die Wiedereingliederung in den Schulalltag für die Kinder und Jugendlichen etwas leichter fiel. Da ich meine Realschulprüfung noch zu schreiben hatte , besuchte ich die Fächer Deutsch, Mathematik und Englisch. In Mathe kam ich bestens zurecht, über Deutsch rede ich später und in Englisch habe ich etwas länger gebraucht als andere Gleichaltrige. Da nicht mehr alle zur Schule gingen. Da nicht mehr alle zur Schule gingen, gab es ebenfalls eine Wiedereingliederung in die Berufswelt. Dafür gab es einige Schwerpunkte, wie zum Beispiel Holztechnik oder Elektrotechnik. Ich besuchte zuerst Holztechnik und als ich die Nachricht bekam, dass ich meine Technikprüfung schon in der Rehabilitation vorbereiten darf, wechselte ich zu Elektrotechnik. Ich habe für die Prüfung beide Schwerpunkte kombiniert und in Holztechnik ein Mensch-ärgere-dich-nicht Brett erstellt, in Elektrotechnik dann den passenden Würfel dazu. Ich hate mit diesem mobilen Spiel, das auch im Wohnmobil bei kurfen nicht vom Tisch rutscht, den zweiten Platz des Innovationspreises für Technik und somit ein Mountainbike gewonnen. Diese 'Berufstherapie' ersetzte quasi meinem Technikunterricht. Aber auch in den anderen pädagogischen Therapien gab es einige nennenswerte Besonderheiten.

Meine Englischlehrerin war gleichzeitig auch meine Mentorin, die Entschied, ob ich bereit sei eine 'normale' Schule zu besuchen oder nicht. Die Rehabilitation zog auch deshalb in die Länge, weil ich gerade im Englischunterricht extrem viel Zeit benötigte bis ich die Aufgaben lösen konnte. Im Mathematikunterricht war ich genauso erfogreich wie zuvor. Im Entlassungsbericht stand, dass ich gut auf Gymnasiumniveau arbeiten könne. Der Deutschunterricht verlief irgendwo dazwischen. Aufsätze konnte ich noch nie schreiben und klassifizierte jeden Aufsatz meiner Klassekameraden als 'gut'. Anfangs war das auch völlig in Ordnung, aber dann hatte der Deutschlehrer das Wort 'gut' bei der Feedback-Runde verboten. „Wie ist das Wetter?

- Es ist gut. Beim Handballspielen ist es völlig egal, wie das Wetter außerhalb der Halle ist, wobei es beim Laufen gehen nicht regnen sollte.", war seine Begründung. Seit diesem Zeitpunkt an bewertete ich die Arbeiten meine Klassenkameraden als sonnig.

Nach etwa drei Monaten gab ich in der monatilichen Fallbesprechung bekannt, dss ich langsam keine Lust mehr hätte. Dies wurde zur Kenntnis genommen, meine Mentorin aber sagte, dass sie nicht glaubte, dass ich in meiner alten Schule mt dem Stoff und dem Tempo zurecht kommen würde. Somit wurd alles um einen weiteren Monat verlängert und meine Motivation sank kontinuierlich. Dieser Tatsache musste sich letztlich auch meine Mentorin geschlagen geben, denn die Therapiebereitschaf muss schon vom Patienten kommen. Somit wurde ich am 23. Dezember entlassen.

Aber es gab natürlich nicht nur Schule in der Anschlussrehabilitation, es gab, wenn auch für mich nur kurz, eine Physiotherapie. Diese wurde nach drei vier Wochen abgesetzt. Von der Ergotherapie kam ich leider nicht so schnell los. Diese Therapie hing mir, aus den Folgen der Halbkörperlähmung, wie ein Klotz am Bein. Nach zwei Monaten wurde diese Therapie sogar auf pures Feinmotoriktraining verschärft, aber wie durch einen Fluch, gab es feinmotorisch kaum Fortschritte.

Ich war vor dem Unfall sehr sportlich. Nachdem ich aus dem Koma erwachte hatte ich plötzlich einen immensen Drang nach Sport, dass ich mich jede Woche auf das freiwille Sportangebot der Sozialpädagogen gefreut habe. Diese Lust, mir sportlich etwas zu beweisen war der Hauptgrund, warum ich jetzt gewnau das mache. Das hat also alles mit diesem Unfall angefangen. Man muss nur lange genug suchen, man wird eine positiven Aspekt auch in dr dunkelsten Geschichte finden. In unserer Station (Haus C) hatten wir jede Woche am Montag eine Besprechung, in der es um die einzelnen Tage der folgenden Wochen ging: Wer wäscht wann? Was machen wir am Wochenende mit den Sozialpädagogen? - Wie hatten oft gegrillt, wie waren auch sehr oft im Kino oder auf dem Weihnachtsmarkt. Einmal hatten wir ein kleines Billard-Turnier veranstaltet oder gingen Bowling spielen. Zudem gab es im Jugendwerk einen Sogenannten Freizeitkeller, in dm es alles gab womit man sich als Mensch mit odr ohne Handycap sehr gut beschäftigen konnte. Von Bücher und PCs bis hin zu Billardtischen und Kegelbahnen gab es dort eigentlich alles. Einen Tag vor Weihnachten wurde ich dann als austherapier entlassen, wobei die ärztliche Leitung eine Erotherapie empfohlen hatte.

Meine Mutter wollte mir nicht glauben, dass ich keine weiteren Therapien mehr benötigte, denn sie hatte mich mit anderen Patienten verglichen, die sich noch jahrelang, irgendwelchen Terapien unterziehen mussten. Meine Mutter ging also zum Hausarzt und fragte, was man denn noch machen könnte, sie hatte an etwas wie eine Physiotherapie gedacht. Weil meine Mutter dies wollte, stellte mir der Arzt ein Rezept für zehn Physiotherapie-Stunden aus. Ich war ein- oder zweimal bei diesen Stunden und fragte meine Mutter, wiso ich mich soetwas wieder über mich ergehen lassen musste. Die Physiotherapie wurde schließlich im Jugendwerk auch achon nach ein paar Wochen abgesetzt. Nun begann der Erste von vielen kleinen Streits, die sich immer wieder häufen und größer wurden.

Der Fall ins Bodenlose

Wie die Meisten sicher erahnen können, blieb es nicht bei dem einen Streit zwischen mir und meiner Mutter. Dies war nur der Anfang vom Ende. Als ich mein Sparbuch sah, wusste ich, was meine Mutter mit 'ein wenig Geld' gemeint hatte. Ich bekam von meiner Oma um mir ein Moped kaufen zu können, nachdm ich die Führerscheinpfüfung bestanden hatte 13 000 Euro. Von diesem 13 000 Euro waren noch 500 Euro übrig und ich weiß bis heute nicht, wofür sie 12 500 Euro gebraucht hatte. Die Krankenkasse hatte jegliche Kosten übernommen die angefallen waren. Sie sagte immer, dass sie es irgendwann zurückzahlen würde und ich war so dumm und hatte es ihr geglaubt. Nach den Untersuchungen, die Aufschuluss darüber geben sollten, mit welchen bleibenden Schäden ich mich abfinden musste, sagte sie mir, dass sie dieses Geld dafür verwendet hätte, um mir mein Geld zurückzuzahlen. Ich dachte mir: Sie verwendet mein Geld, um ihre Schulden bei mir zu tilgen, das war typisch meine Mutter.

Da ich vor dem Unfall in der zehnten Klasse war, die Abschlussprüfungen aber nicht geschrieben hatte, musste ich diese ein Jahr später nachholen. Das Oberschulamt hatte mir gesagt, dass sie mich nicht von der Prüfung befreien könne, mir aber die zehnte Klasse schenken würde. Somit habe ich die Klasse nicht wiederholt, sondern mit einem Jahr Pause fortgesetzt. Dies bedeutete, dass alle meine Noten, die ich vor dem Unfall schrieb gelten. Alle Noten die ich nach dem Unfall schrieb waren hinfällig. Ich besuchte zudem auch nur die Prüfungsfächer (Deutsch, Mathematik und Englisch). Ich ging nach den Weihnachtsferien in eine von mir ausgesuchte neue Klasse um mich auf die bevorstehende Prüfung vorzubereiten.

Als die Reifeprüfungen näher kamen, hatte ich die CD, die meine Mutter vom Indtitut für Gehirnforschung in Stuttgart geholt hatte, einmal ausprobiert und festgestellt, dass diese Musik bei mir im Kopf wirklich etwas bewirkte. Ich ging in die Suche und fragte, ob ich diese Musik zu Beginn der Prüfung hören dürfte. Dies wurde bewilligt und meine Deutschlehrerin hatte das große Los gezogen, diese Musik von vorne bis hinten einmal anzuhören um zu kontollieren, dass dort keine Hinweise zu hören waren, die mir die Pröfung erleichtern könnten. Meine Mutter pflegte zu sagen, dass ich die mittlere Reife 'mehr schlecht als recht' abgeschlossen hatte, aber nach meiner Interpretetion ist eine 1.9 als Ergebnis besser als gut.

In den Sommerferien hatte ich mehr Zeit um etwas Geld zu verdienen, deshalb arbeitete ich etwas mehr, als während der Schulzeit. Wenn mein Berufswunsch kein Sozialpädagoge gewesen wäre, hätte ich bestimmt mit einer Ausbildung begonnen und wäre in diesem Beruf unglücklich geworden. Ich informierte mich, wie ich ein Sozialpädagoge werden könne und bin auf die Antwort gestoßen, dass ich Abitur haben müsste, denn Sozialpädagogik war ein Studiengang. Dei der Berufsberatung fragte ich, ob ich mit diesem Wunsch mein Abitur beser an einem Sozialwissenschaftlichem Gymnasium machen sollte. Die Antwort war relativ simpel. Ich solle an einer Schule mein Abitur machen, an der ich die besten Noten erwaten konnte. Abitur sei schließlich Abitur, ob man dies nun an einer bestimmten Schule gemacht hatte, sei irrelevant. So hette ich mich entschieden auf ein Technisches Gymnasium zu gehen, weil mich Technik schon immer interessiert hatte. Das nächste Problem stand aber schon in den Startlöchern – ich musste mich für einen Zweig entscheiden. Mein Studienwunsch änderte sich damit noch einige male. Es gab Machatronik, Technik und Mamagemant sowie Informietionstechnik. Ich entschied mich für Letzteres weil Aotumatisierung und IT eine große Zukunftsperspektive aufweißt. Anfangst ging das auch noch gut, auch mit der zweiten Fremdsprache Französisch. Aber im zweiten Jahr in der Oberstufe hatte ich einen neuen Französischlehrer, weil die erste Französischlehrerin an eine andere Schule wechselte. Dieser Lehrer war anders als die vorherige Lehrkraft. Ich hatte in den Unterricht des neuen Lehrers relativ wenig gelernt. Er hatte seinen Unterricht, meiner Meinung nach, einfach nicht gut gemacht.

Nach dem zweiten Jahr der Oberstufe, hatte ich auch von Informationstechnik die Schnauze voll. Ich ging zum Abteilungsleiter und bat ihn um Rat. Dieser sagte mir, dass es Blödsinn sei, jetzt aufzuhören, da ich wegen ein paar Monate, die noch bis zur Abiturprüfung fehlten, zwei komplette Jahre wegwerfen würde. Also hatte ich mich, wenn auch recht widerwillig, auf meinen Hosenbode gesetzt und begonnen zu pauken. Ich diesem Jahr wurden auch meine Noten nach und nach schlechter. Ich konnte mich nicht mehr zu 100% auf die Schule konzentrieren – der berühmte Fall ins Bodenlose hat begonnen.

Es ist auch den Lehrern aufgefallen, dass ich eine bis eineinhalb Noten schlechter geworden bin und sie fragten nach, was denn mit mir los sei. Da ich es nicht mehr läugnen konnte, gab ich zu, dass meine Leistungen in der Schule nicht grundlos leiden mussten. Die Simmung begann zu kippen, denn die kleineren Auseinandersetzungen mit meiner Mutter wurden nach und nach zu handfesten Streitigkeiten. Ich war erwachsen geworden und begann selber zu denken, dies missfiel meiner Mutter, weil sie mit mir nicht mehr alles machen konnte, was sie wollte. Als ich ihr mein Zeugis zeigte und sie die schlechteren

Noten sah, kam sie ins grübeln, waru ich schlechter geworden wäre. Der Anfang war gut, aber sie hatte die Fehler bei mir gesucht und war zu den Entschluss gekommen, dass ich zu wenig Zeit zum Lernen hätte. Als Schlussfloge wollte sie mir verbieten, arbeiten zu gehen. Sie wollte mir also die einzige Zeit nehmen, in der ich einen freien Kopf hatte.

Die Tatsache, die mein Leben auf ein komplett neues Gleis verschoben hatte, war, dass meine Mutter und mein Stiefvater einen neuen Vertrag unterzeichneten. Sie waren selbstständig und betrieben in einem Bahnhof einen kleinen Kiosk. Der Bürgermeister einer anderen Stadt wollte seinen eigenen Bahnhof komplett neu aufziehen und ließ ihn umbauen. Er brauchte ebenso gute Menschen, die dieses Projekt zu einem guten Ende führen. Da sich die Beiden einen relativ guten Ruf erspielt hatten, kam dieser Bürgermeister auch einmal in den Bahnhof um sich die Leute mal anzusehen. Er war von ihnen überzeugt und nahm die Gelegenheit wahr, meiner Mutter ein Angebot zu unterbreiten, das aie nicht ausschlagen konnte. Er bat ihr an in einer anderen Stadt, in einem koplett sanierten Bahnhof am Ende des Jahres neu anzufangen. Das Angebot kam wie gerufen, da der Eigentümer des Bahnhofs gewechselt hatte und der neue Eigentümer den Mietvertrag für den Kiost nicht verlängern wollte. Er legte ihnen aber auch keine Steine in den Weg, wenn sie früher aus dem

Mietverhältnis heraus wollten. Nun kündigten sie den alten Vertrag so, dass sie nahtlos umziehen konnten. Aus dem einen Bahnhof heraus und direkt in den Neuen hinein. In der Theorie war das auch durchaus realistisch und möglich, aber in der Relaität läuft so einiges anders, so auch in diesem Fall. Die Bauarbeiten verzögerten sich und konnten nicht zum geplanten Datum im neuen Bahnhof anfangen. Der Mietvertrag des alten Kiosks war gekündigt, deshalb mussten sie natürlich aus den Räumlichkeiten des Bahnhofs raus. Jetzt hatten wir alle Waren des Kiosks zu Hause in der Garage gebunkert. Je länger sich die Bauarbeiten hinzögerten, desto reizbarer wurde meine Mutter. Ich sagte ihr immer, dass sie dagegen nichts tum könne, aber klar, es fehlten die Einnahmen. Sie fuhr fast täglich zur Baustelle um zu sehen, wie weit die Bauarbeiten vortgeschritten waren. Eines Tages hatte sie die Idee, dass man doch mit dem Verkauf beginnen könnte, auch wenn die Bauarbeiten noch nicht abgeschlossen waren. Sie hatte irgendwann begonnen die Waren zum neuen Verkaufsort zu fahren und ich sortierte zwischen halb fertigen Wänden die Zigaretten ins Regal.

Meine Mutter hatte ebenfallst große Webung gemacht und überall erzählt, dass sie keinen Tag mehr geschlossen hätten, worüber sich die Bürger bei der offiziellen Eröffnungsfeier sehr gefreut hatten. Ich ging in dem alten Ort auf das Gymnasium und da der neue Ort in einem anderen Landkreislag, müsste ich die Schule wechseln. Dies kam für mich aber überhaupt nicht in Frage. Ich wollte die letzten Monate auf dem ITG bleiben, koste es was es wolle. Meine Mutter wäre ja nicht meine Mutter, wenn sie dafür auch eine Lösung hätte. Sie hatte den grleichen Gedanken und auch schon einen totsicheren Plan:

Ich würde offiziell noch bis zum Beginn des letzten Schuljahrs, in der alten Heimat wohen und erst nachdem das Schuljahr begonnen hatte würde ich offiziell nachziehen.

Ich fragte, wie dies zu bewerkstelligen sei und auch auf diese Frage hatte sie eine passende Lösung parat:

Inoffiziell ziehst du mit in die neue Stadt und die extra Fahrkosten übernehmen wir. Wenn die Schule dann begonnen hätte würdest du dich offiziell anmelden und du kannst in der Schule bleiben.

Hätte ich nicht eingelenkt, wäre dies so von statten gegengen, aber dann zog ich die Notbremse. Ich erklärte ihr einmal meine Rechnung, denn sie hatte sich bei ihrer Rechnung ein bisschen verrechnet.

Sie rechnete folgendermaßen:
Mein Wecker klingelte immer um sechs Uhr morgens, damit ich um acht Uhr in der Schule bin. Da sie ja an

der Quelle sitzt hatte sie auch gleich nach einer Bahnverbindung gesucht und mir die Tatsache auferlegt, dass ich auch um sechs Uhr losfahren muss, um um acht Uhr an der Schule zu sein. Es gäbe für mich nicht weniger oder mehr Zeit, die ich brauchte.

Sie vergaß aber, dass ich bevor ich zur Schule fahre noch etwas frühstücken möchte. Das hieß vor sechs Uhr aufstehen. Und da die Schule nicht am Bahnhof sei, müsste ich einen Zug früher fahren. Dies bedeutete nun, dass ich wesentlich früher aufstehen musste.

Da meine Mutter während der Bauarbeiten im neuen Bahnhof, fast nie zu Hause war und sehr oft im Büro übernachtet hatte, war ich eine sehr lange Zeit alleine zu Hause. Ich musste den Haushalt schmeißen und nebenher noch für mein Abitur lernen und wenn sie irgendwann einmal nach Hause kam und irgendwas war nicht gemacht, bekam ich es zu spüren. Ich war ja der einzige, der zu Hause war, also hatte ich auch zu einhundert Prozent die Schuld, dass die Wohnung etwas unsauber war. Irgendwann begann ich über diese Situation nachzudenken und kam zum Entschluss, dass ich, wenn ich doch sowieso alles selber machen muss, auch genauso gut ausziehen könnte. Dann fällt wenigstens das ewige Gemäcker weg. Ich hatte entschlossen jetzt Nägel mit köpfen zu machen und schaute ich nach einem WG-Zimmer um.

Ich wollte ausziehen, wobei ich mir vorstellen kann, dass es normal war, wenn ein junger Erwachsener mit neunzehn Jahren auf seinen eigenen Beinen stehen möchte und ich nicht der Erste war, der mit neunzehn Jahren von zu Hauseweg wollte. Wie dem auch sei… Ihr Lebensabschnittsgefährte hatte zu ihr gesagt, dass wenn ich der Meinung wäre einen eigenen Haushalt zu führen, solle sie mich einfach einmal links liegen lassen. Wenn ich ignoriert werden würde, würde ich schon merken, dass ich mit dem Leben noch nicht alleine zurcht komme. Naja, ignoriert hat sie mich nicht wirklich, denn sie hatte mir mein Leben zur Hölle gemacht, indem sie mir meine Bankkarte abgenommen hatte. Ab diesem Zeitpunkt begannen die letzten sechs Wochen meines Lebens zusammen mit meiner Mutter. Was ich weiterhin nicht als 'ignorieren' definierte, waren ihre Bemerkungen, wenn sie nach langem mal wieder zu Hause war. Wo ich zustimmen musst, was wirklich ignorieren war, war die Tatsache, dass sie für mich nicht gekocht, gewaschen, etc. hatte. Ich war auf mich allein gestellt, das heißt, ohne Bankkarte, also ohne Geld, mich zu versorgen. Letztlich stärkte das Verhalten meiner Mutter meinem Gedanken, ausziehen zu wollen, denn wenn ich ausziehen würde, ändert sich vieles für mich zum Positiven – das Gemäcker fällt weg, ich habe wieder Geld zur Verfügung und ich kann mich zu hundert Prozent auf meine Abiturvorbereitung konzentrieren. Aber es kam noch härter…

Als meine Mutter in mein Zimmer kam und mich fragte, was ich am Laptop machte, schaute ich auch dn Bildschirm und sagte, dass ich eine Wohngemeinschaft suche. Sie hob die Hand und erklärte mir lautstark, dass ich nicht selbstständig sei und ein eigenes Leben überhaupt nicht schaffen könnte. Ich deutete auf ihre Hand und sagte mit ruhiger Stimme: „Wenn du meinst, dass ich es verdient hätte, schlag zu!" und hielt ihr meine Wange hin. Man kann sich diese Situation kaum vorstellen. Eine Mutter hebt die Hand gegenüber ihres erwachsenen Sohnes. Ab dann ging alles ziemlich schnell. Sie brät mir eine runter und rief meinen Stiefvater zur Hilfe. Sie war am Ende davon überzeugt, dass ich Prügel verdiet hatte. Sie hatte panische Angst, dass ich ausziehen werde und sie mich auch noch verliert. Das ist ihr mit diesem Schlag geglückt. Ab diesem Schlag, sah ich nicht mehr ein diese Frau als meine Mutter zu bezeichnen. Als ihr Lebensabschnittsgefährte nach weniger als dreisig Minuten zu Hause ankam, führen wie ein heftiges Gespräch im Esszimmer. Gespräch kann man das eigentlich nicht nennen, denn ich kam kaum zu Wort, es war eher ein Monolog meines Stiefvaters, der mir eine Standpauke über die Gefühle meiner Mutter hielt. Als ich wntgegnen wollte unterbrach er mich un schlug mir gegen die linke Schulter, damit ich zurück in den Stuhl falle. Diese Hiebe waren oft so stark, dass der Stuhl zu kippen drohte. Als ich zu allem einwilligte, kehrte allmählich Ruhe ein und ich ging in mein Zimmer, wartete bis die Beidn wegfuhren und mich wieer alleine ließen. Das erste , was ich dann gemacht hatte: Ich hatte mir eine Zigarette angezündet.

Danach rief ich meinem Bruder an und schilderte ihm die Situation und bat ihn mich abzuholen. Ich packte die wichtigsten Dinge zusammen und zog für den Übergang zu meinem Bruder. Bis ich all meine Sachen hatte, ging es sehr oft hin und her. Was mir auch ein Rätsel ist, ist die Tatsache, dass sie mir mein Bett nur zur verfügung gestellt hatten, ich hatte es nicht mitnehmen dürfen. Am Ende bin ich sehr froh, dass ich keinen Kontakt mehr zu dieser Frau halten muss, ich lebe beser ohne sie.

Nach und nach kam immer weiter ans Licht, wie sie mich die ganzen Jahre nach Strich und Faden belogen hatte, nur damit ich das Bild, das ich von ihr hatte nicht verliere.

Was es aber noch zur Verteidigung dieser Frau zu sagen gibt ist, dass sie depressiv war. Da ich in der Oberstufe zwei Psychologiekurse belegt hatte, ich mir dies relativ früh aufgefallen. Jetzt gibt es viele Auswege, begonen mit der Aussage, dass sie für ihr Verhalten nichts konnte, weil sie krank war bis hin zur Annahme, dass ich es ihr sagen hätte können. Ersteres wäre zu einfach, ich war schließlich ihr eigenes Fleisch und Blut. Für Letzteres muss ich sagen, für einen 'Leihen' wie mich eine Krankheit zu diagnostizieren wäre fatal und außerdem kann mein einer depressiven Person nicht sagen, dass sie depressiv sei, wenn sie es nicht selbst merkt. Was ich aus ihr fanatisches hängen an ihren Lebendgefährten schließe, ist ebenso gewagt. Sie dachte, sie war zu alt um wieder einen neuen Mann kannen zu lernen. Somit hielt sie an meinem Stiefvater fest, nein, ich sage es anders, sie hat diesen Mann vor ihren eigenen Sohn gestellt. Er pfiff uns sie sprang. Er war es ja auch, der gesagt hatte, dass sie mich einfach mal igorieren solle. Wie er mir dabei ging, war ihr anscheinend völloig egal.

Aufbruch in ein neues Leben

Zuerst wohnte ich für eine Woche bei meinem Bruder, bis meine Oma mir ein Zimmer hingerichtet hatte, in das ich einziehen konnte und bis zu meinem Abitur bleiben konnte. Am selben Abend (Sonntag) kontaktierte ich meinen Klassenlehrer um zu fragen, ob ich am folgenden Tag den Nachmittagsunterricht ausfallen lassen dürfe, weil ich Angst hätte, meine Mutter unt ihr Lebensgefährte würden in der Schule auf mich warten. Da die fünfte und sechste Stunde ebenfalls ausfielen, ging ich schon nach der vierten Stunde nach Hause. Jedes Mal, als ich den Berg von der Wohnung meines Bruders hinunter zum Bahnhof ging, fühlte ich mich frei und es fühlte sich gut an. Ich habe mir auf diesen Wegen auch meine Vergangenheit in Erinnerung gerufen und mir ist aufgefallen, was ich alles im Leben verpasst hatte, ich war nie richtig frei gewesen. Meine Mutter hatte mich in Watte gehüllt und hatte nach dem Unfallimmer Angst um mich. Sie ist zwar meine Mutter, aber irgendwann ist es zu viel des Guten. Ich war neunzehn Jahre alt und noch nie alleine feiern. Sie wollte mich wahrscheinlich für den Rest meines Labens kontrollieren. Sie hatte Angst, dass ich im Lebend vielleicht mal etwas Unüberlegtes tat. Ich wäre froh gewesen, wenn sie mich einfach mal hatte machen lassen, aber nein. Alles war sich irgendwie gefährlich anhört hatte sie mir glaich verboten.

Nach der ersten Woche bei meiner Oma, hatte ich entschieden mein vergangeses Leben symbolisch zu beenden und habe mein altes Ich ertrinken lassen – ich bin feiern gegangen und zwar richtig. Am Morgen danach bin ich wie neu geboren aufgewacht. Mir ging es sehr gut, ich war erholt und das Essen bei Oma ist bekanntlich das Beste. Ich hatte an jenem Abend aber nicht vergessen, dass ich daran denken muss, wie ich nach Hause kam. Ich war nicht zu betrunken, dass ich nicht rechtzeitig zum Zug laufen konnte, der mich Richtung Heimat brachte. Aber dennoch so betrunken, dass ich mich auf dem Weg zum Bahnhof verlaufen und somit dennoch den Zug verpasst hatte. Ich bin dann nach Hause gelaufen und war, als ich zu Hause ankam wieder nüchtern. Auch schulisch ging es wieer bergauf, weil der Druck zu Hause wegfiel. Am Montag, nachdem ich von zu Hause weglief, kam ich erstmal zu spät in den Unterricht. Ich hatte mich braf entschuldigt und gesagt, dass ich zu gut geschlafen hätte. Nachdem ich sagte, dass ich am Tag zuvor von zu Hause weglief akzeptierten die Lehrer diese Aussage. Meine Mutter hette ebenfalls gemerkt, dass irgendwas nicht richtig läuft und ging zum Psychologen. Dieser hat ihr dann diagnostiziert, dass sie depressiv sei. Nichtmal dann sah sie ein, dass das was sie mir angetan hatte Unrecht war. Einmal sagte sie, als ich zu Hause ein paar von meinem Sachen holte, dass sie ihrem Psychologen sagen könne, dass ich die Therapie besser gebrauchen könnte. Darauf erwiederte ich, dass sie dort mal schön weiter hingehen solle und es mir ganz gut geht.

Gegen Ende des Sommers kam ein Brief von der Versicherung, dss ich mich Untersuchen lassen solle, damit sie wissen, welche bleibende Schäden ich ertragen müsse. Und von diesem Gutachten hatte die Versicherung errechnet, wieviel Entschädigung sie zu zahlen hätte. Einige Tage später schrieb mich meine Mutter an, dass sie gehört habe, dass ich einen Termin im Bundeswehrkrankenhaus hätte und dass sie mich dorthin begleiten würde. Sie begründete ihre Aussage, dass es ihre Versicherung sei und sie dabei sein musste. Das Witzige an der Sache war, dass es nicht ihre Krankenkasse war, die diese Termine veranlasst hatte, sondern die Fahrlehrerversicherung. Der Unfall war ja in der Fahrschule passiert. Diese Versicherung war von der Fahrschule und ganz sicher nicht von ihr. Meine erste Frage war natürlich, woher sie denn von diesem Termin wisse. Ihre Antwort war, dass ihre Krankenkase sie darüber informiert hätte. Aufgebracht rief ich bei ihrer Krankenkasse an und fragte, war um sie meiner Mutter diese Information gegen hatte. Die Angestellte war vollkommen überrascht, denn die Krankenkasse hatte miemanden von diesem Sachverhalt informiert, auch nicht meine Mutter. Nun wusste ich, dass mich meine Mutter immer noch anlügt, obwohl sie mich schon verloren hatte. Ich hätte vielleicht erwartet, dass sie mich vielleicht wieder zurückgewinnen möchte, aber das war wohl zu weit gedacht. Zudem hatte sie für mich einen Nachsendeantrag bei der Post gestellt, damit meine Post zu ihr kam. Lange überlegen musste ich nicht, woher sie wusste, dass ich einen Termin hätte: Sie öffnete meine Post. Dies war eine Straftat! Sie scheut noch nicht einmal vor solchen Dingen zurück. Ich bewilligte ihr beisein mit der Bedingung, dass sie alleine mitkommt. Sie stimmte zu, aber nur wenn ich auch alleine erscheinen würde.

So weit so gut, ich fuhr mit dem Zug nach Ulm und am Hauptbahnhof wurde ich empfangen. Wer gekommen war, war doch keine Frage mehr: Sie und ihr Lebendgefährte. Als ich dies ansprach, fragte er mich, ob ich glaubte, dass sie mit mir alleine zu diesem Termin gehen konnte. Ich schluckte meine Antwort hinunter um nicht schon wieder einen Streit anzufangen.

Eigentlich hätte ich, aus Prinzip, mit irgendwo im Bahnhof hinsetzen und erst wieder aufstehen sollen bis dieser Mann verschwunden war. Aber auf solche Ideen kommt man leider erst hinterher. Als wir auf dem Gang warteten hatte mich meine Mutter von der Seite angemacht und gesagt, dass ich eine eigene Krankenversicherung bräuchte, weil ich nicht mehr bei ihr wohne und somit nicht mehr in der Familienversicherung mitversichert sein kann. Lüge!

Sie hätte bei der Versicherung nachgefragt und sich für mich eingesetzt, aber sie bakam eine negative Antwort. Ich genieße es eigentlich, anderen beim Lügen zuzuhören, wenn ich die Wahrheit kenne, aber irgendwann ist genug. Das Lügen hatte sich so lange in sie hineingebrannt, dass sie überhaupt nicht mehr anders kann.

Während der neurologisch-üsychologischen Untersuchung hatte mein Stiefvater immer wieder Halbwahrheiten erzählt. Er wollte nur schauen, dass er genug vom Topf abbekommt. Ich sagte dann immer, dass dies Stimme um den Ball möglichst flach zu halten, weil ich schon einmal mitbekam, wenn er sich aufregt. In einem gewissen Sinne hatte er auch recht, aber die Beispiele, die er hervorgebracht hatte , kannte oftmals ich selbst nicht. Um ein Beispiel zu bringen, beschreibe ich folgendes Szenario:

Der Arzt fragte, ob die Halbkörperlähmung mich noch in irgendeiner Hinsicht beeinträchtigen würde. Ich begann recht zögerlich mit einem stumpfen 'Ja…', als ich urplötzlich von meinem Stiefvater unterbrochen wurde. Er hatte sich eine schöne Geschichte ausgedacht, die er auf jeden Fall loswerden wollte. Er sagte, dass man es sehen könne, dass ich auf der linken Seite humple. In Wirklichkeit habe ich selbst dieses Humpeln nie gemerkt, der einzige dem diese Tatsache aufgefallen war, war mein behandelder

Psychologe. Dieser sagte, dass ein leichtes Humpeln auf der linken Seite zu erkennen sei. Ich dachte mir: 'Ok, wenn er dies sehen kann, dann wird das schon stimmen.'

Die Untersuchung beinheltete alles was beeinträchtigt sein könnte wie Muskelkraft, Gelenkigkeit ds Skeletts bis hins zu kognitive Leistungsfähigkeit. Nachdem die Untersuchungen zu Ende waren, sagte meine Mutter, dass sie dn Laden schließen mussten, um mich zum Krankenhaus zu begleiten und das Öffnen des Gaschäfts nun vorrang hätte. Ich wollte nicht und hätte fast die Autotür des fahrenden Autos geöffnet, weil ich zum Hauptbahnhof wollte. Ich war schließlich schon in Ulm, wiso sollte ich vorher in eine andere Stadt gefahren werden und anschließend wieder zurückfahren. Das war Schwachsinn, aber meine Mutter sagte, dass sie das Geschäft öffnen müsse. Ich war gottfroh, als ich endlich im Zug Richtung Heimat saß, denn ich musste diesem Menschen nie wieder sehen. Zu Hause angekommen. Zu Hause angekommen hatte ich erstmal meinen Laptop angeworfen und im Internet geprüft, ob es stimme, dass Schüler, die nicht mehr zu Hause wohnten eine eigene Krankenversicherung bräuchten. Ich dachte mir, ich bin doch nicht der erste Schüler/Student, der nicht mehr bei seiner Mutter wohnt, also muss man doch darüber Informationen finden. Meine Mutter und mein Stiefvater verdrehten mir die Worte im Mund so, dass ich die komplette Kommunikation nur noch über einen Anwalt laufen ließ. Einen Termin zum Abholen meiner letzten sachen, hatte ich dann such ziemlich schnell, was ich aber nicht gewusst hatte war, dass sie mir bestimmt die Hälfte meines Eigentums vorenthalten wollte.

Als ich aus der Anschlussrehabilitation entlassen wurde, hatte ich ein Handy zu Weihnachten bekommen. Als ich dort war um die Sachen abzuholen, sagte sie mir, dass es ein Geschäftshandy sei und ich es zurückgeben müsste. Desweiteren hatte ich auch mein Laptop zurückgeben müssen, denn er sei auch ein Geschäftsgerät das ich ebenfalls zurückgeben müsste. Ich habe aber diesen zu meinem Geburtstag geschenkt bekommen.
Steuerhinterziehung in ganz großem Stil,nenne ich sowas. Nachdm ich dann endlich mein Fahrrad zurück hatte, hatte ich so die Schnautze voll, dass mir selbst die 12 500 Euro egal waren.

Mein Bruder hatte sich irgendwann ihr wieder angenähert und ihr verziehen. Das war aber auch noch nicht alles. Sie hatte ihn so manipuliert, dass er versuchte mich zu überzeugen, ihm gleich zu tun. Ich sagte ihm, dass er das vergessen kann, aber er ließ nicht locker. Er schrieb mir über das Internet, dass ich es doch noch einmal versuchen solle. Ich fuhr zum Karneval nach Köln und hörte davon, dass mein

Stiefater eine Kneipe eröffnet hatte. Ich war dem Rat meines Bruders gefolgt und bin am Sonntag vor Rosenmontag zu jener Kneipe gefahren, es war zwar Spannung in der Luft, aber wir verstanden und einigermaßen. Mein Bruder half in dieser Kneipe aus und hatte nichts besseres im Sinn, als mich abzufüllen. Das Ergebnis war, dass ich zur Herberge fuhr und mich zum ersten Mal in meinem Leben, nach übermäßigem Alokholkonsum übergeben musste – schönen Dank auch. Das Taxi hatte mein Stiefvater bezahlt, der Haken daran war nur, dass er mein Geld dafür verwendet hatte. Nichteinmal das Taxi hat er oder meine Mutter bazahlt – so viel ligt ihr an mir. Als ich wieder zurück nach Hause fahren wollte, kam kurz vorher meine Mutter und ihr Lebensabschnittsgefährte zu Besuch, weil sie wieder einmal reden wollten. Mir wurde immer und immer wieer das Wort im munde herumgedreht, ich bin es ja nicht anders gewohnt, und als ich zu meinem Zug musste, sollte ich mcih bei meiner Mutter „ordentich" verabschieden. Ich umarmte sie und bekam auf der fast vierstünigen Fahrt die Augen nicht mehr trocken. Sogar der zugbegleiter in ICE fragte mich, warum ich denn ununterbrochen heule. Ich gab ihm aber keine Auskunft und winkte nur ab. Die Umarmung hatte sich so falsch angefühlt, es brannte regelrecht in mir. Diese Umarmung war das Falscheste, was ich je gemacht habe und hatte so weh getan. Ab diesem Zeitpunkt wusste ich, wie es sich anfühlt, wenn man etwas unverzeihliches verzeihen möchte.

Mein Bruder blieb dabei, das ich mir doch einen Ruck geben und meiner Mutter verzeihen solle. Im Lachen sagte er mir, dass ich es ihm zu verdanken habe, dass ich so betrunken war. Er fand es auch noch lustig… „Alkonol ist ein Gift!!", sagte ich ihm, „Man kann wegen soetwas sterben!" Er wollte es auch mal ausprobieren, wie es sich anfühlt, wenn man jemanden abföllt, meinter er demütig. Als er mit seinen Verkupplungsversuchen nicht aufhörte, versperrte ich ihm jeden Zugang zu Informationen, was ich gerade tue und lasse. Er wollte hinterher, dass ich mich dafür noch entschuldige.

Er wusste, was ich vor hatte. Was ich in naher Zugunft machen werde und war gefrustet, dass er selbst keine Informationen draüber erhalten konnte. Er holte sich die Informationen über meinen Vater.

Eine Lebenserfahrung, die alleine mir gehört

Ich hatte mir in den Kopf gesetzt, dass ich von meiner Mutter so weit weg möchte, wie es nur möglich sei. Da kam mir ein Work & Travel in Australien wie gerufen. Ein Jahr am anderen Ende der Welt und alle Sorgen zu Hause lassen. So war mein Plan. Ich habe mich also auf die Suche nach Informationen für ein WorkingHoliday in Australien gemacht. Als ich ziemlich viele Informationenzusammen getragen hatte, zögerte ich nichtmehr lange, um mir einen Flug von Frankfurt nach Sydney zu buchen. Nach den schriftlichen Abiturprüfungen, wusste ich, dass dies ein Fehler war und ich habe mir unnötigen Druck aufgebaut. Ich war in den schriftlichen Prüfungen nicht so recht erfolgreich, dass ich in der mündlichen Prüfung eine gewisse Note benötige um die Abiturprüfung überhaupt zu bestehen. Zwei Monate nach der mündlichen Prüfung ging dann mein bezahlter Flug, ds bedeutete, dass ich das Abitur bestehen muss, dass ich überhaupt nach Australien fliegen konnte. Aber am Ende ist alles gut gegangen und bestand das Abitur ganz knapp. Zu diesem Abitur kann man jetzt 'mehr schlecht als recht' sagen, denn es war schlechter als befriedigend. Vergessen aber darf man nie, dass ich geistig behindert war und seit diesem Unfall mit einem Hirnschaden zu kämpfen hatte. Ich hatte mich furchgekämpft und die

gymnasiale Oberstufe in nur drei Jahren bestanden –
trotz Hirnschaden. Ich war am Prüfungstag letzter
Prüfling und mein Klassenlehrer hatte in der Schule
extra auf mich gewartet, weil es ihn interessier hatte,
ob ich das Abitur bestehen könne. Anfang August war
es dann so weit und ich fuhr mit meinem Vater nach
Frankfurt zum Flughafen. Er hatte mir versprochen,
bei der Passkontrolle, die vor der Sicherheitskontrole
war, nicht in Tränen auszubrechen, ich hate aber in
seinem Gesichtsasdruck erkennen können, dass es mit
seinen Tränen kämpfen musste. Ich hingegen war
voller Vorfreude auf meinen Aufenthalt in Australien
und musste nach der Sicherheitskontrolle im Gate
noch etwa eine Stunde auf das Boarding warten. Als
das Boarding begann musste ich wieder sehr lange
warten, weil ich relativ weit vorne saß. Zuerst steigen,
wie üblich, die Famlien mit Kindern ein,
anschließendkam die Business Class und zum Schluss
die Economy von hinten nach vorne. In der
malaysischen Hauptstadt, hatte ich kaum zwei
Stunden Zeit um umzusteigen. In Kuala Lumpur
schaute ich auf meine Boarding-Card und musste
feststellen, dass auf der Karte kein Gate angegeben
war. Ich lief also ganz verzweifelt durch den
Flughafen um einen Flugplan zu finden, denn ich
wusste ja wann das Flugzeug startete und wohin es
flog. Als ich dann einen Flugplan und auch meinen
Flug fand, musste ich erkennen, dass es das Gate
neben dem war, an dem ich angekommen war. Ich lief

den ganzen Weg wieder zurück und kam noch pünktlich an dem Gate an. Aber vorher musste ich durch die Sicherheitskontrolle und die Beamten hatten etwas gegen meinen Handball, den ich im Handgepäck mitgeführt hatte. In Frankfurt was dieser Ball kein Problem, in Kuala Lumpur allerdings durfte ich den Ball nicht in aufgepumptem Zustand mit an Bord nehem. Ich musste innerhalb von fünfzehn Minuten im Flughafen die Luft aus diesem Ball lassen. Ich rannte los, fragte in einem Sportgeschäft, ob man mir die Luft aus dem Ball lassen konnte und rannte mit dem Leder wieder zurück. - Puh, welch ein Stress – Als ich über den Äquator von der Nordhalbkugen zur Südhalbkugel unseres bezaubernden Planeten flog, dachte ich mir, dass ich ein wenig schlafen sollte. Ich hatte es aber leider nicht geschafft und hatte auf dem kompletten Flug, der zweiundzwansig Stunden dauerte, kein Auge zugemacht. Als ich abends in Sydney angekommen bin, wurde ich von der Organisation abgeholt und zu meinem Hostel gebracht. Ich ging duschen und lag mch sofort ins Bett, schlief auch sofort ein, aber ich konnte in den ersten zwei Nächten nie läner als zwei Sunden durchschlafen, da mir der Jetlag noch in den Knochen lag.

In der ersten Woche hatte ich kein kleines Programm gebucht, das mir erleichtern sollte, mich an den Australian-Way-Of-Life zu gewöhnen. Der erste

Programmpunkt war am ersten Tage erst einmal seinen Jetlag auszuschlafen, das war für einige, mich eingeschlossen, wirklich nötig. Am zweiten Tag hatte ich dann einen WorkShop zum Arbeiten und Reisen in Australien und hatte mir einen groben Plan ausgedacht, was ich unbedingt sehen wollte und was nicht zwingend nötig wäre zu sehen. Mein Bankonto hatte die Organisation für mich schon eröffnet, bevor ich australischen Boden unter den Füßen hatte. Die Karte hatten wir am Nachmittag abgeholt. Am Abend gingen wir auf einen Pub-Crowl (englisch für 'Kneipentour') durch Sydneys Innenstadt und die Stimmung der Kneipen in Kings Cross waren um einiges angenehmer als in jenen in Deutschland. Am folgenden Tag gingen wir an den Strand um Surfen/Wellenreiten zu lernen, wobei ich traurig in Erfahrung bringen musste, dass man diesen Sport nicht an einem Tag lernen konnte. Der erste Tag ist gut, aber man sollte schon dabei bleiben um weitere Grundlagen zu perfektionisieren. Am nächsten Tag stand 'Whine- and Cheesenight' auf dem Programm und hatte den Tag über zur freien Verfügung. Ich saß in der Backpackers-Lounge der Organisation und surfte ein bsschen in Internet, ich hätte an diesem Tag bestimmt mehr unternehmen können, wenn es nicht den ganzen Tag geregnet hätte. Nach dem Wein und dem Käse gingen wir wieder auf einen Pub-Crowl, diesmal aber nicht in Kings Cross, sondern in einen anderen Stadtteil von Sydney. Der Programmplan setzte sich mit einem traditionellem BBQ fort. Währendessen hat eine Aborigine eine traditionelle Show vorgeführt. Nach längerem überlegen, kam mir die Frage, ob es wirklich ein Ureinwohner Australiens war oder jemand der sehr gut schauspielern konnte. Nach dem grillen. Wurde wieder ein Pub-Crowl organisiert und ich dachte mir, dass ich nicht nach Australien ging um mir täglich die Birne voll zu saufen und blieb zu Hause. Der Programmpunkt dr als nächstes auf der Kiste stand, beinhaltete endlich hauptsächlich Kultur, denn wir fuhren am sechsten Tagan den äußersten Rand von Sydney, in den Sydney Harbour National Park. Wir trafen uns vor dem Hostel und lifen gemeinsam zu Circular Quay, dem grüßten Naturhafen der Welt, und fuhren mit dem Boot die Bucht hinaus bis an die Grenze zum pazifischen Ozean. Wir lisen uns den recht stürmischen Wind im die Nase wehen und aßen Fish 'n' Chips. Am siebten Tage endete der Programmplan der Organisation und ich stand am achten Tage auf der Straße und wusste nicht was ich machen sollte. Ich male den Teufel mal nicht an die Wand, denn die Unterkunft hatte ich schon zwei Tage zuvor um weitere sieben Tage verlängert. Am siebten Tag stand ein Ausflug in den nächsten Nationalpark auf dem Plan – dem Blue Mountains National Park. Von den 'blauen Bergen' hatte bestimmt jedes Kind schon etwas gehört, vor allem im Lied 'Von den blauen Bergen kommen wir…'. Zu dieser Namensfindung git es einiges zu sagen: Die Berge sind nicht blau, wie bestimmt viele dachten. Das UNESCO-Weltkulturerbe nennt sich 'blau', weil die Blätter der Eukalyptusbäume ein ätherisches Öl verdunstet. Dieser feine Nebel schimmert im Tageslicht blau. Der zweite Teil verwirrt ebenfalls wie der Erste, denn diese 'Berge', sind eigentlich keine Berge, es sind zwei riesige Täler, die von der Natur so geformt wurden. Das Regenwaser hatte den Boden weggeschwemmt und diesen in sie zusammenfallen lassen. Durch die immense Größe und Tiefe der Täler spricht man dannoch von einem Gebirge. Wieder zurück in Sydney liefen wir gemeinsam an den wohl berühmtesten Strand Australiens und einer der bekanntesten Surfspots der Welt – den Bondi Beach. Ich pumpte meinen Handball wieder auf, nahm ihn mit und wir spielten auf australieschem Bodn, mit einem deutschen Ball, ein holländisches Ballspiel. Da es sehr windig und noch ziemlich kalt war, gingen nur die härtesten im Meer baden. Es war noch Winter auf der Südhalbkugel.

Nach dieser aufregenden Woche ging der Urlaub in Sydney nichtstuend weiter. Mir war dieser eine halbe Tag Surfunterricht einfach zu wenig, also fuhr ich, nachdem ich aus dem Hostel heraus musste nach Coffs Harbour in ein SurfCamp. Nachdem ich richtig gut surfen konnte bin ich in das etwa zweihundertfünfzig Kilometer entfernte Byron Bay.

Meine Reise in den Norden hat jetzt offiziell begonnen. Dieses Dorf ist nicht sehr groß, aber ein richtiger Touristenmagnet. Es liegt einmal am östlichsten Punkt des australischen Festlandes, es ist zudem ein unheimlich aktiver Ort, an dem man sehr viel Sport machen konnte. Zusätzlich wird ab Byron Bay eine Tour angeboten mit dem Ziel Nimbin. Nimbin ist ein kleines Hippie-Dorf, das so aussieht, als wäre es in der Zeit stehen geblieben. Bunte Gartenzäune, nette Cafés und natürlich Hippies. Es ist auch in Australien verboten Marihuana und Haschisch zu kaufen, aber wenn die australische Polizei dieses Gesetz in Nimbin vollstrecken würde, müsste das gesamte Dorf in ein Gefängnis. In Byron Bay hatte ich ebenso einen Tandemsprung aus einer Einmotorenmaschine gewagt. Ich muss sagen, dass der Sprung aus vier Komma drei Kilometer Höhe, die fünfzig Sekunden freier Fall und der Nevenkitzel im Flugzeug, war einfach unbeschreiblich.

Als ich Byron Bay in nördlicher Richtung verlassen hatte, dauerte es keine zwei Stunden, bis ich in Surfers Paraise ankam. Surfers Paradise ist ein Stadtteil von Glod Coast und ist in der Partyszene überregional, um nicht zu sagen international bekannt. Um sich diesen Stadtteil genauer vorstellen zu können, bringe ich den Vergleich mit Miami Beach ins Spiel. Zwischen den Hochhäusern und dem Strand ist genau eine Staße. Ich habe mir erst einmalein paar Informationen über

Hostels in dieser Stadt besorgt und war sogar von dem gündtigsten Hostel mit der Limousine abgeholt worden. Während einem Besuch in einem Restaurant, in dem im übrigen 'Wind Of Change' von den Scorpiens lief, hatte ich an zu Hause denken müssen. Heimweh hatte ich aber zu diesem Zeitpunkt aber noch nicht, obwohl sich die Suche nach einam Job schwieriger entpupte als gedacht. Ich wollte schon den Bus nach Noosa ins Dschungelcamp buchen, als ich eine Antrwort eines potentiellen Arbeitgeber in meinem Postfach fand. Ich solle mich mal vorstellen. So ging ich Tags darauf zur angegebenen Adresse und mir wurde auch gleich ein kostenloses Wohnen angeboten. Dazu konnte ich nicht 'nein' sagen und begann am Montag darauf als Rikschafahrer zu arbeiten. Ich fuhr die Urlauber zu ihre Hotels oder einfach nur um den Block. Ich hatte sehr viel Spaß auf diesem Fahrrad, aber auch sehr viel Stress, weil die Kunden oft ohne zu bezahlen weggerannt sind, anfingen zu pöpeln oder anderes. Eine Nacht werde ich aber nie vergessen, in der ich zwei Neuseeländer zu einem Irish Pub bringen sollte. Das sie Bierflaschen in der Hand hatten, kümmerte mich erstmal nicht, weil sie verschlossen waren. Nuun sollte ich sagen, dass es in Australien verboten ist Alokohol öffentlich zu genießen. Was aber mir zum Problem wurde, war dass die Neuseeländer die Flaschen während der Fahrt öffneten, anstoßten und sich gut gelaunt zu meiner Musik bewegten. Als mich die Polizei enhielt, war ich erst verwirrt, wiso. Als die Beamten sich an meine Kunden wendeten, war mir klar, dass ich nichts falsch gemacht habe. Nachdem sie die Bierflaschen neben meiner Rikscha abgestellt hatten begannen sie mit der Aufnahme der Personalien. Als sich die Bemten mir zuwendeten und sagten, dass ich es erlaubt hätte, dass sie in meinem Fahrzeug Alkohol genießen dürften, war ich geschockt. Ich sagte, dass ich nicht mitbekommen hatte, dass sie die Flaschen öffneten und gab ihnen meinem deutschen Personalausweis. Unwissenheit schützt nicht vor Strafe, sagten sie zu mir. Wurden daraufhin aber abgelenkt, weil ein betrunkener Passant nach den Flachen meben meiner Rikscha griff in hohem Bogen durch die Luft warf. Sie nahmen diesen Mann fest und führten ihn ab. Das habe ich zwar noch mie gesehen, aber ich hatte eine andere Sorge, die Beamten hatten nämlich noch meinen Personalausweis. Ich hatte eine Szene geschoben und wollte frühzeitig meine Arbeit abbrechen, aber meine deutschen Kolleginnen hatten mir Mut gemacht, dass ich doch weiter machen sollte. Meinen Personalausweis hatte ich später im Polizeipräsidium von Surfers Paradise abholen und die Polizisten und die Polizisten sagten mir, dass sie mich unter diesen Umständen nur verwarnt hätten. Heilfoh nahm ich meinen Personalausweis entgegen und machte diese Schicht noch komplett zu Ende und hatte ziemlich viel Geld verdient, aber bestimmt auch viele

Lebensjahre verloren.

Die Nacht in meinem Geburtstag hinein, hatte ich arbeiten müssen, aber auch diese hatte sehr viele Highlights. Angefangen hatte es schon sehr früh, da ich zur relativ frühen Stunde schon meinem Mietpreis für das Fahrrad verdient hatte und die restlische Nacht für meinen eingenen Geldbeutel gearbeitet hatte. Aber für einen gelungenen Geburtstagsabend, fehlte aber noch ein bisschen Spaß. Eine meiner deutschen Kolleginnen kam mit dem Spruch: „Hey, wisst ihr was? Ich habe einen fahren lasen.". Wir anderen drei Deutschen bekamen einen Lachflash, nur sie wusste nicht warum. Als wir erklären solten warum wir am Lachen waren, furzten wir mit den Händen. Schließlich erkannte sie ihren Fehler und lachte mit. Nachdem wir uns alle etwas beruhigt hatten, begann sie zu erklären, wie sie es gemeint hatte. Sie habe die Füße von den Pedalen genommen. Wir entgegneten verständnisvoll und etwas ironisch: „Achso...". Ich war noch nicht ganz einundzwanzig und dieses Reinfeiern konnte man schon jetzt nicht mehr toppen, aber es geht noch weiter. In Australien gibt es richtig gutes Essen und sie Süßigkeiten waren auch nicht ohne. Die für mich Leckersten sind und bleiben die TimTam's. Man kann diese Bisquits mit Pic Up vergleichen, sie sind nur um Welten leckerer. Nicht nur, weil sie mit mehr Schokolade gemacht sind, die Schokokekse sind auch noch etwas weicher. Meine

Kolleginnen schenkten mir um Punkt zwölf einen Doppelpack TimTam's mit den Worten: „Die magst du doch so sehr.". Ich hatte mich riesig gefreut und mich bei ihnen herzlichst bedankt. Meine dänischen Kollegen sangen für mich ein dänisches Geburtstagslied. Der Geburtstag mitten im Paradies war schon jetzt der beste Geburtstag meines kurzen Lebens, aber ein Gebutstag geht bekanntlich vierundzwanzig Stunden.

Am folgenden Tag hatte hatte ich meinen Geburtstag mit genauso viel Spaß ausklingen lassen, wie er begonnen hatte. Da es in Deutschland verboten war, in ein Casino zu gehen, wenn man das Alter von einundzwanzig Jahren noch nicht überschritten hatte, nahm ich mir vor, an meinem einundzwanzigsten Geburtstag in ein Casino zu gehen. Die Türsteher sagten mir, dass es in Australien ab achzehn Jahren erlaubt sei. Ich gab zu, es zu wissen, aber als ich ihnen die deutsche Regelung erklärt hatte, lächelten sie mich an und wünschten mir viel Glück für den Abend. Ich bedankte mich und schlenderte einmal quer durch das Casino, und wunderte mich, wie viele Automaten in so einem Casino rumstehen und setzte mcih an einen BlackJack-Tisch. Anfang gewann ich einiges, dann aber wurde der Croupier ausgetauscht und ich verlor meinen Gewinn wieder. Ich dachte mir: 'Gibt es den sowas.' und pausierte eine gewisse Zeit. Ich ging an einen Roulette-Tisch und schaute interessiert zu. Da der Tisch voll besetzt war, ging ich nach einiger Zeit weiter und schaute mir die anderen Kartenspiele an. Für ein Pokerspiel hatte ich zu wenig Geld dabei und viele andere Kartenspiele hatte ich schlicht und einfach nicht kapiert, so ging ich zurück an meinen BlackJack-Tsch. Da es wieder ein neuer Croupier war gewann ich wieder fleisig. Beim Nächsten verlor ich wieder. Ich war mit dem Plan ins Casino gegangen, eine gewisse Summe zu verlieren. Diesen Betrag hatte ich schon bevor ich das Casion betreten hatte abgeschrieben, weil ich einfach nur Spaß haben wollte. Als das Limit erreicht wurde, haben ich meinen letzten zehn Dollar Jeton wechseln und ging nach Hause. Alles in allem kan man sagen, dass dies der beste Geburtstag war, den man sich hätte träumen können.

Nachdem ich einen Monat in Surfers Paradise gearbeitet hatte, fuhr ich weiter Richtung Norden nach Noosa um Kanu zu fahren. Diese Kanufahrt war sehr anstrengend und Kraftraubend. Ich hatte das Glück, dass ich eine Engländerin im Boot hatte, die Kajakfahrerin war. Außerdem hatte ich den Fehler gemacht, dass ich keine Sonencreme mitnahmund hatte mir somit die Unterarme völlig verbrannt. Nicht nur diese Tatsachen machten für mich diese Tour, zu einer der unangenehmsten Touren, die ich in Australien gemacht hatte. Zusätzlich schliefen wir nicht in einem Hostel sondrn im Gagaju Bushcamp, einem Dschungelcamp, wie es im Buche steht. Die Matten waren durhaus bequem, aber ich hatte nichts gegen die Mosquitos und wurde von oben bis untern durchgestochen. Dies war sehr unangemehm. Nach zwei Nächten war der Spuk dann auch vorbei und kam dem Gret Berrier Reef immer näher. Mein nächster Stop war Rainbow Beach. Als ich diesen Namen höre, dachte ich an wunderschöne Strände und jede menge Highlights. Ich willjetzt nicht sagen, dass dies falsch wäre, aber dieses Dorf bekam den Namen von etwas anderes:

Zuerst hieß Rainbow Beach, Black Beach, aber irgendwann hatte man auf der Sanddüne vor der Küste verschiedenfarbigen Sand gefunden. Daraufhin wurde das Dorf umgetauft zu Rainbow Beach.

Von diesem Dorf aus wurden Touren auf die größte Sandinsel der Welt angeboten. Ich übernachtete eine Nacht in einem Hostel in Rainbow Beach und furh am nächsten Morgen mit einem Jeep auf die Insel. Wir wechselten uns natürlich ab mit dem fahren, dass jeder einemal das Erlebnis hatte auf Sand gefahren zu sein. Meine Gruppe bestand aus mir und sieben Mädels. Da die hundert Kilometer lange Sandinsel ein Nationalpark ist, und auf dieser viele Dingos leben, war diese Insel unbehwohnt. Viele Leute vergleichen Dingos mit Hunden. Dies stimmt aber nicht wirklich, denn sie sind Raubtiere und eher mit Wölfen zu vergleichen. Die Westseite der Insel ist sehr felsig und somit unbefahrbar. Auf der Ostseite der Insel sind sehr viele Heie im Meer. Grob gesagt war diese Insel extrem gefährlich. Es gab auf dieser Insel natürlich auch keine asphltierte Straßen, deshalb hatte die Regierung von Queensland beschlossen, dass man, bevor man auf die Insel darf, ein Einweisungsvideo gesehen haben muss. Zudem ist es auch wesentlich schwieriger auf Sand zu fahren, das durfte ich auch auf der Insel bei eigenem Leib erfahren. In diesem Video, wird erklärt, das nicht mehr als acht Personen in einem Fahrzeug sitzen dürfen oder wie der Jeep auf weichem und auf hartem Sand regiert. Mit festem Sand ist der Strand auf der Ostweite der Insel gemeint, der weiche Sand ist im Landesinneren zu finden. Zuerst fuhren wir an eine Picknickstelle, an der man überteuere Dinge einkaufen konnte und hatten uns ein par Brote geschmiert. Nach etwa zwei Stunden Aufenthalt, fuhren wir weiter zu unserem Campingplatz, auf den wir unsere Zelte aufgebaut hatten. Auf diesem Campingplatz hatten wir auch täglich unser Esen zubereitet. Nachdem wir unsere Zelte aufgebaut hatten fuhren wir auch gleich zur ersten Sehenswürdigkeit der Insel – den tiefsten See auf dr Insel. Der See war etwa vierzehn Meter tief. Am zweiten Tag sind wir an einen Bachlauf gefahren, in dem das reinste natürlich vorkommende Wasser Australiens zu finden ist. Man kaonnte es sogar trinken, dabei musste man aber mit einplanen, dss noch Sand untergewirbelt war. Das Waser ist durch verschiedene Gesteins- und Sandschichten gefiltert worden und ist eiskalt. Nachdem wir alle einmal duch diesen Bach zurück an den Strand geschritten waren, fuhren wir weiter Richtung Norden. Plötzlich waren Gesteine erschienen, an denen wir nicht vorbei kamen. Unser Reiseführer sagte, dass wir sterben würden, wenn wir auf diese Felsen hinaufkletterten. Wie auf Kommando liefen alle los, um diese Felsen zu bezwingen. Oben angekommen schosen wir Erinnerungsfotos, denn die Klippe fiel auf der Nordseite fast senkrecht ab und die Wellen peitschten gegen die Felsen in der Brandung. Die meisten Bilder sind richtig gut geworden. Als wir die Felsen wieder hinuntergeklettert waren, durfte ich zum ersten Mal ans Steuer. Das hatte wahrscheinlich einen ganz bestimmten Grund. Da wir an den Felsen nicht vorbeikamen, mussten wir ins Landesinnere fahren und unser Reiseführer sagte zu allen Fahrern, dass es sehr schwierig werden würde. Ich entgegnete, dass ich es versuchen werde, aber diese Antwort passte ihm aber nicht. Er fragte mich, ob ich es wersuchen oder schaffen werde. Ich sagte, das ich es schaffen würde und er klopfte mir auf die Schulter und sagte mir: „That's it, lets go!!"

Ich fuhr auf dem Strand los, holte Schwung und brach ins Landesinnere. Für das Fahren in weichem Sand gibt es eine grundlegende Regel: Keep going! Man schaltet in den zweiten Gang und drückt drauf, um auf dem Strand schwung zu holen, dann ging es auf den weichen Sand. Was auf dem weichen Sand viele Angst eintrieb, war dass man das Gaspedal dort am besten nicht lockert. Man stand immer auf dem Pedal, auch wenn das Auto nicht immer das machte, was der Fahrer wollte. Nach einer sehr holprigen Fahrt kamen wir hinter den Felsen wieder auf dem Strand heraus.Dass die Fahrt holprig war, lag möglicherweise auch ein wenig an meinem Fahrstil. Als wir wieder auf hartem Sand waren, entschuldigte ich mich für meine Fahrweise, aber es machte einfach zu viel Spaß. Für die Rückfahrt fragte ich in die Runde, wer sich hinter das Lenkrad setzen möchte. Einstimmig wurde beschlossen: „Patrick, das machst du schon ganz gut."

„Wollt ihr wirklich nicht?"

„Nee nee, wenn wir stecken bleiben, bist du schuld, ist schon in Ordnung.", das Gespräch wurde nun ironisch.

„Danke für euer Vertrauen.", sagte ich mit einem unverkennbarem Unterton.

Als wir den weichen Sand hinter uns ließen, war das fahren wieder etwas einfacher. Ich ich eben bin, liebe ich das Chaos und habe zum Beispiel eine Welle mitgenommen. Dies dürfte man eigentlich nicht, man sollte den Wellen schon ausweichen, wenn die möglich wäre, weil man weggespölt werden könnte.

Nach etwa der Hälfte sollte jedes Auto seinen Fahrer wechseln, damit wirklich jeder der wollte einmal auf Sand fahren durfte. Am selben Abend im Camp ist etwas passiert, bei dem ich kurz den Atem anhalten musste, denn ich war auf einen Dingo gestoßen. Die erste Regel beim Treffen eines Dingos ist, wie bei so vielem, Ruhe zu bewahren. Dies war einfacher gesagt als getan. Aber mit der Kraft der Gruppe konnte ich ihn davon überzeugen, wieder von dannen zu ziehen. Am dritten Tage waren wir morgens, gleich nach dem Abbau unserer Zelte, an einen weiteren See gefahren, der aussah, als wenn zu viele Menschen dort gewisse Körperflüssigkeiten zurückgelassen hatten. Der grün-gelbe Schimmer des Wassers, kam aber von etwas völlig anderem. Der See wird on keinem Zuflus gespeißt und das Wasser kann auch nicht abfließen. Um diesem See stehen sehr viele Bäume, die diese Färbung bewirkten. Er besteht somit zu hundert Prozent aus Regentropfen und von den Bäumen abgegebenem Pflanzenöl. Der Sand war sehr fein und wir säuberten uns alle mit einem ordntlichem Ganzkörperpeeling. Zurück in Rainbow Beach übernachtete ich noch eine Nacht im Hostel und fuhr dann auch gleich weiter nach Agnes Water, um genau den Ort zu bestaunen, an dem Captain Cook in Jahre 1770 Australien entdeckte.

Die gleichnamige Insel (1770) wurde zum Nationalpark ernannt, war aber wesentlich kleiner.

Auch auf dieser Insel hatten wir gecampt. Wir hatten zwar Zelte, aber weil mein Zeltkollege am ersten Abend in dem Zelt erbrochen hatte schlief ich unter freiem Himmel. Die erste Nacht verbrachte ich in einer Hängemattea am Strand und die Zweite direkt am Wasser auf dem Strand. Nach dieser Menge Camping war ich heilfroh, dass als nächstes eine schöne Segeltourauf dem Programm stand.

Bevor ich die Segeltour genießen konnte, verbrachte ich noch eine Nacht im Bus. Als ich in Airlie Beach ankam, ging alle sehr schnell, weil ich am selben Tage noch in See stechen würde. Da ich zuerst den Hafen aufgesucht hatte, hatte ich keine Zeit mehr, ein Hostel aufzusuchen, bei dem ich meine Sachen unterstellen konnte. Ich muste also mein Gepäck beim Veranstalter unterstellen. Wir fuhren motorbetrieben aus dem Hafen und hatten dann ziemlich schnell die Segel gesetzt und fuhren zu dem Higlight der Tour: dem Whitehaven Beach. Dieser Strand war ein Sandstrand, auf dem sehr feiner Sand liegt. Es könnte auch sein, dass auf diesem Strand der feinste Sand der Welt lag. Das war aber noch nicht alles, denn der Sand hatte einen Quarzgehalt von fast neunundneunzig Prozent und war damt einer der weißesten Strände der Welt. Als wir uns alle satt gesehen hatten, segelten wir weiter. Da die Whitsunday Islands mitten im Korallenmeer zu finden waren, war unser zweiter Ausflug, ein Ausflug ins Wasser. Man konte tauchen und schnorcheln gehen. Wegen meinem Unfall hatten mich die Australier nicht tauchen lassen. Ich ging also schnorcheln aber ich konnte mich nicht beklagen. Ich konnte viele Korallen und Fische sehen und bezweifelte, dass man beim Tauchen mehr gesehen hätte. Der einzige Defizit war, dass ich immer wieder Auftauchen musste. Gegen Abend ging es mr dann immer schlechter. Ich wurde Seekrank. In der Nacht gab es auch einen heftigen Seegang, der bis morgens anhielt. Zusätzlich hatte das Frühstück nicht gut geschmeckt, dies drehte mir den Magen vollends ganz herum. Bevor wir am Vortag den Hafen verließen, wurde uns gesagt, dass wir, wenn wir brechen oder pinkeln müssen, dies über die Reling tun durften. Das einzigen Manko war der Wind. Wir sollten, bevor wir uns erleichtern und vergewissern, aus welcher Richtung der Wind kommt. Am zweiten Abend besuchte uns ein Delfin und schwamm einige male um unser Segelboot. Am dritten Tag kame wir wieder im Hafen von Airlie Beach an. Die Crew hatte eine Feier für uns vorbereitet, an der ich aber leider nicht teilnehmen konte, weil sich meine Reise durch Australien am Folgetag früh fortsetzte.

Von Townsville fuhren mehrmals täglich Fähren auf die nane gelegende Insel, denn meine Inselabeteuer sollten noch nicht zu Ende sein. Ich glaube von einem Abenteuen konte man jetzt nicht mehr sprechen, denn Magnatic Island war eine relativ kleine Insel und der perfekte Ort um sich zu erholen. Die Stimmung auf der Insel war idyllisch und man konnte einfach nur in der Sonne liegen, den Tag genießen und seine Seele baumeln lassen. Nach so viel Action kam nach der Segeltour diese Insel wie gerufen. Da jede Pause einmal zu Ende geht, fand auch diese Pause nach drei Tagen ein Ende. Ich fuhr weiter nach Mission Beach um meinen letzten Adrenalinkick an der Ostköste beim Raften zu finden. Stromschnellen im Fluss, Umwerfen des Schlauchboots und das Springen in das kühle Nass hatten sehr viel Spaß gemacht.

Nach einer zusätzlichen Nacht in Mission Beach fuhr ich weiter in den Norden. Von dieser Stadt flog ich dann wieder gen Süden – Cairns. Nach der ersten Tour, die ich in Cairns gemacht hatte, war ich mir sicher, dass ich die Tour richtig geplant hatte. Ich hätte auch von Sydney nach Cairns fliegen und die Ostköste richtung Süden bereisen könen. Die Tour 'Uncle Brian's' hat mich aber überzeugt, dass ich in die richtige Richtug gereist war. Der Name dieser Tour sagt eigentlich nichts aus, ich bekam die Empfehlung, dass ich diese Tour unbeingt gemacht haben sollte und tritt sie an. Diese Tour beinhaltete eine Ausflug in den Wooroonooran Rainforest. Sowohl im Regenwald als auch in Bus war richtig gute Stimmung und wir hatten viel gelacht. Wir badeten in kleinen Seen, rutschten eine Naturutschbahn (Felsen) hinunter und schwammen unter Wasserfällen. Man wäre ja nicht an der australischen Ostküste, wenn man nicht einmal zum Great Berrier Reef hinaus fuhr. Da wir nur auf dem Riff waren und nicht dahinter, wo es in den Pazifischen Ozean ging, reichte Schnocheln wiederum aus. Das Riff ist nur sechs bis zehn Meter tief und da konnte man ohne größere Probleme die Luft anhalten und hinuntertauchen. Tags darauf verabschiedete ich mich von der Ostküste und flog nach Adelaide.

Adelaide ist nicht meine Lieblingsstadt, aber sie hatte auch ihre schöne Seite. Beispielsweise ging die Sonne nicht mehr im Land unter sondern im Meer. In Adelaide traf ich auch eine gute Freundin wieder, die ich in Sydney, als ich ankam, kennen lernen durfte. Sie war von Sydney nach Adelaide geflogen. Dass ich sie in Adelaide wieder traf, gab mir jetzt die volle Bestätigung, dass an dem Spruch 'man sieht sich immer Zweimal im leben' etwas wahres dran sein muss. Wir sahen uns gemeinsam Sonnenuntergänge an oder lagen gemeinsam auf dem Strand. Nach etwa zwei Wochen in Adelaide lernte ich einen weiteren jungen Mann kennen. Wir hatten fast alles gemeinsam getan. Als wir zu einem Baseball-Spiel gingen, erklärte er mir die Regeln eines Baseball-Spiels. Diese Sportart ist sehr tricky. Dass Baseball so kompliziert war, hatte ich nicht gedacht, ein richtiges Strategiespiel. Als er mit sagte, dass er vorhatte, im Great Berrier Reef einen Tauchkurs zu machen, beklakte er sich, dass dieser relativ teuer wäre. Ich fragte ihn, bei welcher Tauchschule er sich erkundet hatte und sagte, ds ProDive in Cairns reiner Luxus sei. Als ich ihm riet, einmal andere Tauchschulen zu suchen, weil ds Great Berrier Reef nicht nur in Cairns sei, wurde er fündig. Die Tauchschule DownUnderDive war etwa halb so teuer wie ProDive. Das Beste war, dass diese Agentur ebenfalls in Cairns war, er musste somit nicht extra noch in eine andere Stadt reisen. Nach einiger Zeit dachte ich mir, dass ich nicht mach Australien ging um deutsch zu sprechen und entschied, dass mein nächstes Ziel The Middle Of Nowhere, als das Outback war. Ich stieg in einen Bus, der mich nach Mildura brachte. In Mildura gab es zwar ein Working Hostel um sein zweites Working-Holiday Visum für Australien bei Farmarbeit zu verdienen. Ich hatte aber andere Pläne – Couchsurfing. Dies ist eine Art Community, in der man sich selbst als sogenannten Host anbieten konnte und reisende Mitglieder bei sich im Gästezimmer wohnen lassen konnte. Wenn man dann einmal selbst auf Reisen war, konnte man ebenfalls bei solche einem Host unterkommen. Ich hatte mich in dieser Community angemeldet und einen Host in Mildura gefunden. Mein Kumpel begleitete mich auch noch in Adelaide zum Bus und wir hätten uns am Busbahnhof verabschiedet. Warum ich hier Konjunktiv schrieb, konnte man folgendermaßen begründen. Wir mussten mit der Tram zum Hauptbahnhof fahren und anschließend noch zum Busbahnhof laufen. Als die Tram Verspätung hatte, fragte ich ihn, ob wir im McDonald's, der an der Haltestelle war, noch ein Eis essen sollten. Er stimmte zu und wir verpassten die Tram. Wir nahmen dann eine Tram später, rannten zum Busbahnhof und sahen den Bus abfahren. Ich hatte ihn verpasst. Als ich hecheld am Schalter des Busunternehmens ankam wurde ich namentlich begrüßt und es wurde mir gesagt, dass ich den Bus verpasst hätte. Die gute Frau hatte mich gefragt, ob sie meine Fahrt auf den nächsten Termin verschieben sollte. Dem stimmte ich hatürlich zu und wir fuhren zurück ins Hostel. Als unsere Freundin mich sah, schüttelte sie nur mit dem Kopf und fragte, was denn passiert sei und ich nicht auf dem Weg nach Mildura wäre. Ich antwortete, dass ich den Bus verpasst hätte, weil wir noch ein Eis gegessen hatten. Ich solle doch zugeben, dass ich den Bus mit voller Absicht verpasst hätte, weil ich mehr Zeit mit ihm verbringen wollte, sagte sie und deutete auf meinen Kumpel. Sie hatte nicht ganz unrecht, ich war durchaus ein wenig glücklich, dass ich noch weitere drei Tage mit ihm verbringen konnte. Nun gut, wir liefen drei Tage später wieder zum Busbahnhof, diesmal aber etwas früher, verabschiedete mich, stieg in den Bus und furh nach Mildura.

In Mildura angekommen, ging ich zu meinem Host und ich konnte mich einrichten, es war sehr erholsam, endlich wieder in einem normalem Bett zu schlafen und nicht auf den durchgelegten Matratzen eines Hostels. Ich verbrachte eine tolle Zeit bei ihm und als er mich fragte, ob ich ihm im Garten herfen wolle, antwortete ich erleichtet, dass ich etwas zurückgeben konnte, dass ich nichts dagegen hätte. Nach getaner Arbeit unter einem Orangenbaum zu sitzen und eine srisch gepflückte Orange zu genießen, war ein paradiesisches Gefühl. Ich blieb etwa einen Monat in Mildura und fuhr nach meinem Aufenthalt weiter nach Melbourne. Ich fuhr per Anhalter bis nach Bendigo und stieg dort in den Zug nach Melbourne. Der Australier, der mich in Mildura aufsammelte, hatte mich in Bendigo noch zum Essen im Hungry Jack's, dem australieschen Burger King, eingeladen. Er fuhr mich zum Bahnhof und steckte mir noch fünfzig austalische Dollar zu. Das Ticket nach Southern Cross, dem Hauptbahnhof von Melbourne, hatte neunzehn Dollar gekostet. Ich habe somit auf der Fahrt von Mildura nach Melbourne noch einundreisig Dollar bekommen.

Das Erste, dass ich in Melbourne tat, war die Suche nach einem günstigen Hostel. Ich lief stundenlang duch die Innenstadt, bis ich merkte, dass komplett Melbourne ausgebucht war. Da ich in St. Kilda ein Vorstellungsgespräch hatte, ging ich als nachstes dort hin und was muss ich sagen, ich Glückspilz, ich fand ein Hostel, in dem etwa eine Stunde vorher jemand absagte. Die Nacht in Melbournes Luxusviertel, war zwar teuer, aber besser als nichts. Nachdem ich meine Sachen ablegte, ging ich auf Sight-seeing Tour, da ich schon in St. Kilda war, hatte ich den Albert Park direkt vor der Haustüre und lief zu aller erst zur Formel 1 Strecke. Auf meinem Weg durch den Albert Park, staunte ich nicht schlecht, wie viele Sportvereine dort zu Hause sind. Am anderen Ende des Stadtparks wusste ich auch wiso, dieser Park voll mit Melbournes Sportvereine war. Der Albert Park ist der Sports Hub Melbournes, beziehungsweise war im Albert Park das MSAC (Melbourne Sports and Aquatic Center). Duch den kostenlosen Internetzugang im Hostel fand ich ein günstigeres Hostel in Collingwood. Das einzige Problem war nun, dass das Bett erst einen Tag später frei sein würde. Ich habe dieses Bett gleich online gebucht, bevor es wieder weg gewesen sei, wenn ich dort ankam. Ich packte meine Sachen zusammen und ging nach Collingwood und suchte nach dem Hostel. Als ich es fand, bakam ich gesagt, dass wieder jemand vor etwa einer Stunde absagte und ich doch jetzt schon einziehen konnte. Aus dem Job in St. Kilda wurde leider nichts und blieb noch zwei Wochen in Melbourne. Weil mein Gel knapp wurde, buchte ich meinen Rückflug. Da dieser Flug ab Sydney ging, buchte ich zeitgleich einen Bus, der mich zurück nach Sydney brachte. Am Ende schloss sich der Kreis meiner Reise durch Australien, da ich an der selben

Bushaltestelle ankam, von der ich auch meine Reise, mit der Fahrt ins Surfcamp, begonnen hatte. Viele fragten mich, warum ich Silvester nicht in Sydney feiere, nachdem sie hörten, dass mein Flug am 30. Dezember ging. Wenn dies so liegen würde, wären sie noch zwei Tage länger geblieben. Ich entgegnete, dass ich jeden Tag, den ich länger in Australien beilben würde, mehr Schulden mache. Dies sahen sie ein und wünschten mir einen erholsamen Heimflug.

Die drei Mammutprojekte

Ich hatte mir seit dem Unfall fest vorgenommen, dass ich jetzt mein Leben in vollen Zügen genieße. Dazu gehören unglaubliche Dinge zu tun, von dem ich sehr früh das Erste erledigt hatte. Ich war von mir zu Hause bis in ds einhundertfünfundsechzig Kilometer entfernte Geiligen am Hochrhein gefahren und wieder zurück. Auf dieser Fahrt stellten sich mir immer wieder kleine oder große Probleme in den Weg. Diese Tour, war die erste Tour, die ich sehr intensiv geplant hatte. Wenn es auf der Rückfahrt anfängt zu regnen, wäre dies extem ungünstig. Es sind ja immerhin 330 Kilometer, die man fast non-stopauf dem Fahrra unterwegs ist. Also studierte ich täglich die Wetterberichte und legte einen großen Wert auf die Aussichten für die Wochenenden.

Ich hatte eine Lücke gefunden und fuhr morgens um sechs Uhr von zu Hause in Richtung Süden. Gleich nach wenigen Minuten kam das erste Problem auf, das mich die ganze Fahrt über verfolgt hatte. Da ich den Weg noch nie gefahren war, verfuhr ich mich gleich am Anfang. Als ich einen Passanten nach dem Weg fragte, wurde ich in die richtige Richtung geschickt. Ich fuhr immer stückchenweise und schute immer wieder auf meine Karte, dass ich ja keinen Fehler machte. Nach einiger Zeit, war mir der Blick auf die Karte zu dumm geworden und hatte eine entfernte

Stadt als Pezugspunkt genommen und war auf wesentlich mehr Kommunikation umgestiegen. Das war eigentlich keine schlechte Idee, wenn die Aussagen der Passanten stimmten. Einige Aussagen stimmten jedoch nicht und ich fuhr wieder einige Kilometer in die falsche Richtung. Ganz schlimm wurde es dann auf der Rückfahrt, aber dazu später mehr. Anfangs ging es schleppend vorran und ich dachte daran, dass ich an diesem Tage nicht mehr mein Ziel erreichen würde. Hatte ich aber einmal den richtuígen Weg, ging alles ziemlich zügig. Mein größtes Problem war, dass die meisten Rawege duch Wälder führten und man schauen musste, dass man an der richtigen Stelle, in die richtige Richtung fährt. Nach Lichtenstein habe ich schweißtreibend die Schwäbische Alb erklommen. Oben angekommen hatte ich sofort wieder meinen Faden verloren und fuhr in die nächste Gemeinde um nach dem korrekten Weg zu fragen. Wie sich herausstellte, haben die Bewohner auf der Schwäbischen Alb am wenigsten Ahnung von ihrer Heimat, denn sehr oft bekam ich die Aussage, dass ich wieder komplett zurück fahrn musste. Ich war dan doch noch um halb neun am Ziel angekommen und es war leider zu Dunkel um ein paar Bilder zu schießen. Ich hatte keine Kamera mit Blitz dabei. Nach einem netten Plausch dachte ich mir, ich könnte doch schon einmal losfahren, damit ich am Folgetag die Strecke nicht so lang war. Ohne länger darüber nachzudenken fuhr ich los. Nach einiger Zeit musste ich leider feststellen, dass mein Rücklicht nicht mehr funktionierte. Da ich bei Nacht nicht ohne Beleuchtung radelnd unterwegs sein wollte, begann ich also zu schieben. Ich habe of mit dem Gedanken gespielt die Polizei zu rufen, weil ich doch nicht die komplette Strecke zu Fuß zurücklegen konnte. Nach langem ringen wählte ich in Stockach die 110 und kam logischerweise bei der Polizei in Konstanz heraus. In meiner Sprache war alles zu hören, was ich bis zu diesem Zeitpunkt duchgemacht hatte. Meine Krankheit kam noch erschwerend hinzu. Die Beamten haben mich aneschnautzt, das mein Anliegen kein Notruf sei. Wie sich später herausstellte, war die Temperatur unter 3°C. Ich lief demnach weiter, eigentlich nur um mich warm zu halten. In Meßkirch kam ich an ein Straßenschild, auf dem der Weg Richtung Ulm verzeichnet war. Ich fragte mich, ob ich diesem Weg folgen sollte, wobei Ulm ein riesiger Umweg wäre. Plötzlich fuhr, wie gerufen, einen Streifenwagen in die Kreuzung ein und die Beamten starrten mich an. Ich starrte völlig verfrohren zurück. Sie wendeten einmal, blieben neben mir stehen und fragten mich, was ich denn um zwei Uhr nachts dort verloren hätte. Ich erklärte ihnen die Situationund die Beamten fragten mich, ob ich Alkohol getrunken hätte. Ich bestritt dies und holte mein Portemonai hervor, da ich davon ausging, dass sie nach meinem Personalausweis fragen würden. Zu den Beamten sagte ich, dass sie Glück häten und ich duch die

Schweiz gefahren wäre. Wäre der Abstecher in die Schweiz nicht geplant gewesen, hätte ich wahrscheinlich nichteinmal meinen Ausweis mitgenommen. Lassen Sie ihr Fahrad in der Wiese liegen, nehmen Sie ihre Sachen und setzen sich erst einmal in den Wagen, ds Sie sich aufwärmen können, bot einer der Beamten an. Im Auto setzte sich das Gespräch fort.

„So, was machen wir jetzt?"
„Ich habe keine Ahnung.", entgegnete ich.
„Ich kann Sie auf gar keinen Fall mehr in der Kälte weiterlaufen lassen."
„Ja?!"
„Ich habe eine Idee.", sagte der andere Beamte, stieg aus und kontaktierte seine Kollegen.
„Wir machen jetzt folgendes: Es kommt ein Kollege mit dem Bus für Ihr Fahrrad und Sie kommen mit auf die Wache. Dort könen Sie auf einem Stuhl dahindösen oder wenn Sie das können auch sitzend ein paar Minuten die Augen schließen. Dort ist es wenigstens warm und um sechs Uhr, bei Schichtwechsel, wird es wieder hell und Sie können weiter fahren. Wie hört sich das an?"

Da ich keine andere wahl hatte, fuhr ich mit der Polizei Sigmaringen. Ich habe in diesem Stuhl sogar ein bis zwei Stunden Schlaf gefuneden, bis ich ganz sanft mit einer Packung Twix geweckt wurde. Sie gaben mir auch zwei Euro, dmit ich mir beim Bäcker ein kleines Frühstück kaufen konnte. Ich dachte nur: **Die Polizei, dein Freund und Helfer.**

Beim Bäcker hatte ich mir zwei Brütchen und eine Brezel gegessen und als Aufmerksamkeitgab es einen Früchtetee gratis. Nachdem ich in Ruhe gegessen eune meinen Früchtetee ausgetrunken hatte, schwang ich mich wieder auf mein Fahrrad. Was ich an diesem Tag erlebt hatte, war verrückt. Ich fuhr etwa um halb acht los und war um halb zwölf noch in Sigmaringen. Die Bürger hatten wahrscheinlich eine Devise: Schickt Fremde nicht weg, sondern schickt sie direkt ins Irrenhaus. Ich hatte ein paar Leuten die selbe Frage gestellt und jeder hatte die Auffassung, dass Reutlingen in einer anderen Ecke liegt. Ich kurfte somit lange durch Sigmaringen, bis ich endlich, nach vier Stunden, in einer Gemeinde war, die nicht zu Sigmarinen gehörte. Als ich aber zu Hause ankam, hatte ich mich selbst beglückwünscht, denn es waren, obwohl ich von Meßkirch nach Sigmaringen von der Polizei gefahren wurde, bestimmt mehr als dreihunderdreisig Kilometer.

Mein zweites Mammutprojektbefasste sich mit Laufen – und zwar einen Halbmarathon. Auf dieses Event hatte ich lange und intensiv trainieren müssen, denn mein Psychologe hatte mich in der kompletten gymnasialen Oberstufe vom Sport befreit, weil ich aus medizinischer Sicht keinen Coopertest laufen könne. Er sagte, dass irgendwann der Punkt komme, an dem meine Beine nicht mehr auf meinen Kopf hören würden. Als ich mit dem Taining begann, kam dieser Punkt auch noch und ich stolperte fast über meine eigenen Beine. Als ich während dem Laufen merkte, dass meine Beine nicht mehr auf mich hören wollten, sagte ich zu mir, dass ich doch alles was die Ärzte sagten widerlegen wollte. Ich klopfte auf meine Oberschenkel und brüllte sie an: „Reißt euch zusammen!" Ich blieb dran und dieser Punkt kam immer später, bis er überhaupt nicht mehr kam.

Der Barbarossa Berglauf kam immer näher und ich verlor die Lust meine Trainingsstrecke abzulaufen. Am Morgen des Laufs, hatte ich richtig viele Bedenken. Ich machte bis dahin Sport, weil es mir Spaß machte und wenn dießer Spaß nachließ, hörte ich auf. Beim Berglaum musste ich un einundzwanzig Kilometer laufen, ob ich will oder nicht. Eine weitere Schwierigkeit, was auf mich zukam, waren die Höhenmeter, die überwunden werden mussten. Es waren siebenhundertfünfzig positive Höhenmeter zu erklimmen. Als sich die Masse von Läufern am Start eingefunden hatten, traf ich alte Bekannte. Sie fragten mich, ob ich den Sport für mich entdeckt hatte. Ich sagte, dass die mein erstes Großereignis sei, aber eigentlich schon immer sportlich gewesen war. Wir wünschten uns viel Erfolg und es ertönte das

Startsignal.

Die Masse begab sich in Bewegung und nach dem ersten Kilometer waren alle Läufer noch sehr eng beieinander. Bis Kilometer füns bekam das Feld einige Löcher und es bildeten sich nach unc nach kleinere Gruppen, die zusammen liefen. Auf dieser Höhe war auch die erste Verpflegungsstation. Da ich am Berg wohne und am Ende des Trainings bergauf laufen musste, lief ich innerhalb der Gruppe, als es bergauf ging an die Spitze und als es wieder eben war oder bergab ging fiel ich wieder zurück. Dieses Hin und Her ging bis zum Kilometer zwölf, denn dort begann der Aufstieg bis zum Gipfel. Auf dem Gipfel war die Dritte von vier Verpflegungsstationen. Ich nahm aber kein Wasser entgegen und begab mich zum Abstieg. Ab Kilomater sechzehn wurde es kurzzeitig spanend, denn ich bekam ein Stechen in der Brust. Dieses Stechen war auf der rechten Seite und zum Glück auch nach einigen Sekunden wieder weg. Als ich dies bemerkte, dachte ich natürlich sofort an meinen Plan und dass er, falls dies anhielt, gescheitert wäre. Ich verlangsamte mein Tempo und tastete den rechten Brustkrb ab. Als ich die schmerzhafte Stelle berührte, dachte ich: 'Das kann doch nicht wahr sein!' Ich biss auf meine Zähne, schlug mit der Hand einmal kräftig auf diese Stelle und mir stockte der Atem. Ich steigerte mein Tempo aber erst in ein paar Minuten wieder. Der Rest des Halbmarathons verlief ohne weitere Probleme und hätte im Ziel bestimmt noch weiter laufen können.

Dieser Halbmarathon war für mich das wichtigste Projekt von allen dreien, denn dieser Lauf komplettierte die Liste der Dinge, die ich nicht mehr tun könnte.

Triathleten würden jetzt sagen, dass ich jetzt noch schwimmen müsste.

Das dritte und letzte Projekt beinheltete tatsächlich das Schwimmen. Da ich vor dem Unfall Schwimmer war und jetzt als Rettunngsschwimmer meine Brötchen verdiente, sollte dies schon eine Strecke sein, die die Bezeichung 'Mammutprojekt' verdiene. Somit fiel das Swimmbecken raus. Meine erste Idee war, dass ich den Ärmelkanal durchschwimmen könnte. Nach einiger recherche, musste ich beipflichten, dass zweiunddreisig Kilometer ein bischen viel seien. Ich überlegte also weiter und kam auf den Bodensee. Dieser See ist an der breitesten Stelle (Friedrichshafen – Romanshorn) etwa zwölf Kilometer breit.

Ich fuhr also sonntags nach Friedrichshafen, um in mein Hotel einzuchecken. Ich hatte diese Zeit kurzer Hand zu meinen Sommerurlaub umfunktioniert. Weil das Ganze eh schon so teuer ist, kommt es auf hundert

Euro auch nicht mehr an. Jedenfalls hatte ich am Sonntag eine E-Mail der Bodenseequerung erhalten, in der die Wetteraussichten der kommendn Woche zu entnehmen waren. Der Dienstag war noch der beste Tag, wobei die Prognosen nicht besonders gut waren. Am Montag schaute ich erneut in die Wetterprognosen und diese hatten sich drasisch zum Positiven gedreht. Nun kontaktierte ich die Bodenseequerung und sagte, dass ich gerne am nächsten Tag schwimmen wolle. Kurz darauf kam die Antwort, das an diesem Tag meinem Vorheban nichts im Wege stünde. In der Nacht hatte ich relativ wenig geschlafen, weil ich nach Romanshorn schaute, als ich in Friedrichshafen ankam. Als ich am Ufer war fasste ich mir an die Stirn und und dachte: 'Ach du Sch***' . Zwei oder drei Stunden Schlaf hatte ich dann doch noch gefunden, denn mein Wecker klingelte schon um halb sieben morgens, damit ich vorher noch fröhstücken konnte. Wobei ich nicht allzu viel herunter gebracht hatte.

Als ich an meinem Begleitboot war, war die Stimmung richtig gelassen, der Observer und der Skipper waren lustig und meine Begleitperson hatte eine Ruhe ausgestrahlt, dass ich kaum noch nervös sein konnte. Ich sagte, dass ich von Romanshorn nach Frierichshafen schwimen wolle, weil in der Prognose ein Wind von südwest vorhergesehen war. So düsten wir über den See in die Schweiz, ich sprang ins

Wasser und schwamm an Land. Ich stellte mich auf die mit Algen verwasenen Felsplatten und wartete auf das Startsignal. Nach dem Startsignal sprang ich wieder ins Waser und schwamm auf die Steuerbordseite meines Boots, das mir zu Beginn den Weg wies, da ich mein Ziel noch nicht sehen konte.

Anfangs ging alles relativ einfach, das Wasser war mit dreiundzwanzig Grad relativ warm und einfach göttlich zum Schwimmen. Meine Begleitperson schmierte mich auf dem Rücken mit ordentlich Melkfett ein, nicht wegen der Kälte, sondern eher um die Haut zu schützen, da diese reisen hätte können. Natürlich hatte ich auch im Waser meinen Humor nicht verloren und schwamm ganz hektisch zum Begleitboot. Die Besatzung fragte sofort, was ich brauchte, aber spritzte nur Wasser ins Boot. Wir alle lachten und meine Reise ging weiter. Als ich mehr als sechs Kilometer kurück gelegt hatte, hatte ich die Hälfte meiner Stacke hinter mir. Als ich irgendwan mein Ziel in der Ferne sehen konnte, gab ich gas. Dieses Tempo konnte ich aber leider nicht lange halten und schwamm wieder rhythmisch weiter. Als ich in die Richtung des Strandes in Friedrichshafen schwamm, wurde mir gasagt, wo ich gefahrenfrei an den Strand schwimmen konnte. Als das Wasser zu saicht wurde und ich nicht mehr schwimmen konnte, bezwang ich den Strand auf allen vieren. Die Zeit stoppte, als ich vollständig aus dem Wasser war, aber erst nachdem ich im Ziel war kam der schwerste Teil, dnn ich musste wieder auf das Boot schwimmen. Ich hing eine gefühlte halbe Stunde auf der Leiter des Boots, bevor ich über die Reling kletterte. Mein Handtuch fuhr mit im Boot und ich konnte mich direkt abtrocknen, denn auch wenn das Wasser ziemlich warm war, war es mir extrem kalt. Die gesamte Crew machte mit mir Siegerfotos. Als wir im Yachthafen von Friedrichshafen an Land gingen, hatte ich zuerst sehr viel Wasser in mich hineingekippt und mich auf eine Wiese fallen lassen. Zu diesem Zeitpunkt hatte ich realisiert, welch große Leisung ich im Bodensee zeige. Meine Begleitperson und ich gingen auf ein Bier um meinem Sieg über den Bodenseezu feiern. Abends schate ich in meinem Zimmer ins Internet und aus allen Ecken wurde mir gratuliert. Die Bodenseequerung hatte während ich schwamm, eine Life-Berichterstattung organisiert – mit Bildern uvm.

So viel Ehre hätte ich nicht erwartet. Die nächsten Ziele kommen bestimmt.